하느님의 은총이
함께 하시기를 기도합니다.

_____님

_____드림

내 마음의
파릇방

사랑.

희망.

행복.

내 마음의 다락방

하얀민

차례

희망의 공간

저는 어렸을 적 외할아버지 댁에 가는 것을 좋아했습니다. 그 집에는 다른 집에 없는 특별한 공간이 있었기 때문입니다.

그곳은 다락방입니다. 동생과 저는 외할아버지 댁에 가면 다락방 위로 올라가 그 안에서 밥도 먹고, 숨바꼭질도 하고, 보물찾기도 하며 기억의 소중한 것들을 담았습니다. 다락방은 저에게 그런 따스한 공간이었습니다.

"성안에 들어간 그들은 자기들이 묵고 있던 위층 방으로 올라갔다. (....)제자들은 모두, 여러 여자와 예수님의 어머니와 그분의 형제들과 함께 한마음으로 기도에 전념하였다.(사도 1, 13-14)"

예수님의 제자들과 성모님에게도 다락방은 여러 가지 의미가 있습니다. 예수님께서 십자가 죽음 뒤 자신들에게 닥쳐올 죽음을 피해 숨은 보호의 공간이고, 예수님의 승천 뒤에는 예수님께서 다시 오시기를 바라는 희망의 공간이었습니다. 다락방에서 예수님의 제자들과 성모님은 마음을 모아 기도했습니다. 그 안은 새로운 모습의 주님이신 성령님을 체험한 곳이기도 합니다.

저는 지금도 기도를 하면 마음속에 다락방을 짓습니다. 따스한 초를 켜놓고, 성모님과 제자들을 초대하고, 성령님이 오시기를 바라는 마음으로 기도를 시작합니다. 제 마음이 답답하여 풀리지 않는 문제와 슬픔을 다 말씀드립니다. 주님께서는 어김없이 기도의 말미에 이런 응답을 주십니다.

"두려워하지 마라. 내가 너를 도와주리라. (이사 41, 13)"

제가 있는 통진 성당에는 이름도 따스한 고막리라는 작은 마을에서 주님의 귓속을 향해 9명의 자매님들이 다락방에 모여 함께 기도를 하셨습니다.

다락방이라는 한 공간에 모여 기도한 그들의 기도내용은 하느님께서는 당신을 찾는 이들에게 언제나 응답을 주심을 느끼게 합니다.

저는 이 책을 읽는 모든 사람들이 자신의 마음속에 다락방 하나씩 만들었으면 좋겠습니다. 그 안에서 주님과 함께 삶의 어려움을 나누고, 기쁘게 넘으시기를 기도하겠습니다.

2018년 8월

가톨릭 인천 교구청 이 용현 베드로 신부

사랑의 고백

경기도 김포시 월곶면 고막리 189-1번지, 고막2리. 백여 세대가 사는 동네에서 제일 작은 우리 집. 2010년 이사 올 때는 아주 오래된 회색 슬레이트 지붕으로 슬쩍 건들이기만 해도 곧 무너질 것 같고 방에 누우면 밤하늘의 별이 보일 만큼 낡고 허술한 집이다.

2012년 봄, 집 앞산 덕바위로 산책을 가면서 이 막달레나가 그동안 중단되었던 다락방기도가 있는데 다시 시작하고 싶다고 하면서...
"최 세실리아 집에서 다락방기도를 하면 어떨까?"라고
제안했을 때에, 주저하지 않고 그렇게 하겠다고 대답한 것은 우리 집이 동네에서 다락방같다는 생각이 들어서 였다.
그리고 나중에 들은 이야기지만, 막달레나는 우리 집이 성경에 나오는 구절의 다락방 같다는 생각이 들어서 제안을 해본 것이라 했다.

'이제부터 네 인생에 큰 변화가 있을 테니' 나를 따라오라' 는, 예수님이 베드로에게 하셨던 말처럼, 그때부터 나는 기도의 길에 들어서는 계기가 되었다.

거실 겸 부엌으로 쓰고 있는 방은 아주 작은데 그 좁은 공간에서 2012년 초여름부터 고막리 교우 열 명이 모여서 다락방기도를 시작했다.

여름에는 장작불을 땐 사랑방처럼 뜨겁고, 한겨울이면 유리창과 물그릇에 살얼음이 낄 만큼 아주 추운 곳에서, 우리는 매주 수요일이면 모여 기도를 했다. 겨울에는 난로에 장작을 때는 것으로 난방을 했는데 나는 장작 피우는 일이 서툴러 집안 가득히 매케한 연기로 가득 채워 우리 다락방 식구들이 눈물, 콧물을 흘리면서 기도 했다.

열악한 환경에서 기도를 하는 다락방 식구들이 우리 집을 위한 기도해주었음인지.. 2015년 지인의 덕분으로 열악한 기도처였던 집은 아주 튼실하게 새 단장을 하게 되었다.

다락방기도를 시작하자고 말한 이귀임 막달레나를 비롯해 우리 다락방 식구들은 서로 서로에게 수호천사가 되고 있다.

열 명으로 출발한 기도 식구들이 쌓아온 기도 시간은 6년. 달로 계산하니 72개월. 주 1회로 288회, 시간으로는 1시간을 기도로 보면 17,280분 더없이 아름다운 날들이다.

다락방기도 식구들은 한솥밥을 먹는 식구처럼 가까워졌고, 상대의 눈동자만 보아도, 얼굴 표정만으로 그녀가 어떤 마음의 상태인지를 알 수 있게 되었다.

풍요롭고 꿋꿋한 이귀임 막달레나.

친절하고 열정적인 신정자 임마꿀라따.

다락방 식구들의 다리가 되어주는 사랑 많은 김경선 수산나.

80이 넘었는데도 운전을 하고 한국살이를 하는 동남아 여인들에게 뜨개질을 가르쳐주는 인생 멘토, 수필가 장춘희 골룸바.

사남매를 훌륭하게 키워내고 냉담 중이었던 나를 성당으로 이끌어준 남궁정순 데레사.

성모의 은총 가득한 경수자 데레사

말씀이 자신의 등불이라는 박정순 로사리아

성모 어머니를 만나 기쁨을 이루고 살고 있는 임숙자 엘리사벳

바쁘신 중에도 저희들의 부탁을 들어주시어 추천의 글을 써주신 이용현 베드로 신부님.

출판하기까지 용기를 주신 김포우리병원 도현순 베로니카님, 하양인 출판사의 이종복 베로니카께 감사를 드린다.

2018년 10월 고막리 문수산 자락에서

최의선 세실리아

사랑은
나로부터
시작한다

최의선 세실리아

나로부터 시작하는 사랑

사랑이 왜 나로부터 시작되어야 할까요?
아, 그전에 이 말부터 해야겠습니다.

사랑이란 무엇일까?
사랑은 내가 있고, 내가 무엇을 주는지 알아야 사랑이라고 할 수 있다. 사람은 희생할 수도 있고 양보할 수도 있다. 하지만 적어도 내가 누구인지 알아야 한다. 그래야 자신이 뭘 포기해야 할지 알 수 있어요.
당신은 '나는 누구인가?'를 고민한 적이 있는지요? 혹시 그때 스스로 '나는 잘못된 인간이다.'라고 여겼던 적은 없었는지요?
어떤 사람은 자신을 받아들이고, 어떤 사람은 자신을 받아들이지 못해 불행한 일생을 보냅니다. 우리는 자신을 있는 그대로 받아들이지 못하면 행복할 수 없습니다.
당신에게 하고 싶은 말은 자신을 자세히 관찰하라는 것이 아니라.
먼저 자신의 부족한 것을 채우면 행복해질 것이라는 생각부터 버리라고 권하고 싶어요.

나는 가치가 없어.
나는 잘하는 것이 없어.
나는 제대로 된 것이 하나도 없어.

자기 자신을 이렇게 무시하는 사람은 아무도 좋아하지 않아요.

행복은 자신을 받아들이는 사람의 것이다. 자신을 위해 웃고, 자신을 위해 건강을 채워봅시다. 남을 사랑하는 가장 빠른 길은 자신을 사랑하는 것입니다.

그리고 당신과 관계된 모든 영혼을 칭찬해보세요.

나의 자녀, 나의 남편, 나의 형제, 나의 친구, 나와 관계를 맺고 있는 모든 사람의 영혼이 자신을 사랑하도록 만드는 유일한 처방은 '칭찬'이에요. 우리는 이것을 '영혼의 칭찬'이라고 부릅니다.

지친 영혼을 칭찬해주세요. 칭찬으로 당신의 영혼에 쌓인 피로도 싹 사라질 겁니다.

하양인 편집부

더불어 하는 여정

다른 사람들과 더불어 살아가는 것은 큰 기쁨입니다.
함께 노래하며, 희망을 가지고 하늘을 쳐다 봅니다.
그런데 다른 사람들과 함께하지 않으려는 사람들도 많습니다.
그들을 위해 기도하며,
그들과 더불어
천천히 여정을 시작하는 것은
또 다른 아름다움이 될 수 있습니다.

〈교황 프란치스코 어록303〉

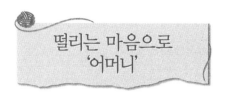

떨리는 마음으로
'어머니'

오늘도 내 인생의 시간을 다시 만나지 못할 것처럼 사랑하렵니다.

다락방기도 모임은 일주일에 한 번 매주 수요일에 한다. 누가 시킨다면 이렇게 할 수 있을까? 고막리 다락방 식구들은 수요일 2시가 되면 어김없이 고막리 189-1번지, 우리 집으로 온다. 내가 부르지도 않았는데도 기도시간에 모여드는 모습은 참 신기하기도 하고, 바로 이 모습이 기적이 아닐까? 하는 생각을 했다.

처음에 다락방기도 식구는 열 명이 넘었다.

좁은 거실에 빽빽이 둘러앉아서 힘찬 목소리로 차분하면서도 진지하게 기도문 한 문장 한 문장에 호흡을 같이하며 기도하는 모습은 정말 감동이다.

'내가 항상 너희와 있으니 모든 이에게 나의 자녀임을 나타내 보여라.'

성령송가, 다락방기도의 뜻을 되새기는 성서봉독, 묵주기도 5단, 교황님을 위한 기도, 곱비 신부님을 통해 주신 성모님 메시지 읽기, 성모님 메시지에 대한 영적 대화 , 마리아의 티 없으신 성심께 드리는 봉헌문 합송, 그리고 가슴 설레고 벅차오르는 마음을 모아서 어머니 사랑의 성가와 마침기도로 마무리 하는데 대략 한 시간 동안 한다.

그런 후 조촐한 다과와 따뜻한 차를 마시며 한 주간 지내온 이야기로 이어지기도 하는데, 자신의 지난날의 시집살이나, 자녀들 이야기, 자신의 신앙체험 이야기가 나오면 시간이 가는 줄도 모르면서 서로 대화한다. 나눔에서는 '절망은 내 탓이라 눈물을 짓다가도, 깊은 가슴에서 다시 희망 꽃 만들어 사랑으로 피어나게 한다.'

어느 날 문득, 기도 중에 우리가 '어머니'를 참 많이 부른다는 생각이 들었다.

묵주기도를 드리는 순서에서부터 우리들은 '어머니'를 어린 손주들이 제 에미 부르는 것보다 늙은 우리가 더 많이 '어머니'를 부르는 것 같다는 생각을 했다.

먼저 환희, 고통, 영광송을 바칠 때 선창을 맡은 다락방 대장 막달레나는 1단 기도부터 어머니께 드리는 지향기도로 시작을 하기 때문에 쉼 없이 어머니를 부르고, 다음 임마꿀라따 역시 기도지향을 "어머니, 감사합니다..."로 시작하고 다른 식구들도 어머니를 찾으면서 기도를 합니다. 그리고 다락방기도 순서 마지막 부분인 '마리아의 티 없으신 성심께 드리는 봉헌문'을 함께 읽는데, 이 봉헌 기도문에는 '어머니' 단어가 열여덟 번이 나온다. 우리는 다락방기도 한 시간 하는데 각자 "어머니'를 적어도 50번 이상은 부른다. 혼자 생각했던 것을 어느 날 내가 기도모임에서 불현듯이 말했다.

"우리 7학년이 넘은 할머니들이 어머니를 너무 찾는 것 아닐까요?"
"여보, 맘껏 부를 수 있는 어머니가 있는 게 얼마나 좋아? 이건 우리 다락방 식구들의 특권이야."

막달레나의 말에 이어 모두들 한마디씩 했다.

"맞아, 우리 성모님 어머니는 아프지도 늙지도 않고 늘 그대로 아름다우시니 아주 행복해요."

데레사의 감동의 목소리에 우리는 모두 고개를 끄떡였다.
그렇다. 세상 어머니들은 연약하여 아프고 늙으시고 그러다가 우리 곁을 떠나 영원으로 돌아간다. 늘그막에 만난 예수의 어머니 성모마리아께 우리는 '어머니' '어머니' 부르며 우리 자신들도 늙은 엄마로서 깊은 사랑을 가지는 '어머니'가 되어가니 우리는 축복된 황혼이다.
언제 어디서나, 이 가슴 떨리는 '어머니' 단어는 사막 같은 우리 가슴에 아침 햇살을 받아 영롱하게 빛나는 이슬방울이다. 허다한 세상의 유혹에서도 성모 어머니의 인도를 받는다.

어머니께 봉헌하고 어머니의 정신으로 살아가라고 이끄시는 '천상 엄마!' 70이 넘은 우리를 '내 작은 아기'라고 불러주시고, 늘 우리 곁에 계시면서 따뜻하게 안아주시는 어머니.

이 시간도 우리들은 환희의 신비, 고통의 신비, 영광의 신비를 암송하며 묵주알 하나하나를 만져 돌리면서, 인생의 굽이굽이를 돌아본다. 주님의 크신 사랑에 감동, 감사한다.

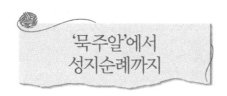

어떻게 하면 우리가 더 값지고 행복한 인생을 살 수 있을까 ? 고민하던 중에 가톨릭 신문에서 다시 읽고 싶은 명작 시리즈 10권을 추천해주는 기사를 보게 되었다. '천국의 열쇠' '침묵' '칠층산' '고백록' '영원한 것을' '사해 부근에서' '왕국의 비밀' '파비올라' '묵주알' '나를 이끄시는 분' 등 나는 우리 다락방 식구들이 뜻을 같이하여 영적 독서를 하고, 각자의 느낀 점들을 나눔으로 한다면 새롭고 좋은 프로그램이 될 것 같았다.

그런 생각을 한지 얼마 지나지 않았을 때에 용강리에 사는 화가 조 마리아가 나가이 다카시의 '묵주알'을 읽고 감명을 받았다는 말에, 우리도 그럼 그 책부터 읽자는 생각을 하게 되었다.

며칠 후 함께 그 이야기를 들었던 도 베로니카님으로부터 다락방 식구들이 돌아가며 읽으면 좋을 것 같다면서 '묵주알' 세 권의 책을 선물해 주었다.

이렇게 마음먹은 일이 딱 맞아떨어지게 되면, '주님이 혹 내 어깨 위에 계셔서 나를 바라보고 계신 건 아닐까' 하는 생각이 들면서 두렵기까지 했다.

나는 책을 선물 받는 날 단숨에 다 읽어 내려갔다.

나가이 다카시의 곤경에 처해서도 신앙으로 깊이 뿌리내리게 풀어 가는 그의 신앙의 실천에 나는 깊은 감동을 받았다. '묵주알'의 저자 나가이 다카시는 만주사변에 종군하면서 교리문답을 받고 가톨릭 신자가 되었다. 이후 방사선 연구로 의학박사가 되어 대학교수로 재직하던 중에 방사선으로 인해 백혈병 진단을 받은 후 히로시마 원자폭탄으로 아내를 잃었고 두 자녀와 한 평 남짓 오두막에 살면서 이 글을 쓰기 시작했다.

한 평 정도의 아주 좁은 방에서 움직이지도 못하는 상태로 두 아이와 살면서 어떻게 그리도 희망과 평화의 말을 주옥같이 쏟아낼 수가 있었는지. 나는 '묵주알' 책을 읽으면서 나 자신을 돌아보며 부끄럽다는 생각이 많이 들었다. 진실한 말은 사람의 마음에 깊은 감동을 준다. 나가이 다카시의 글은 일본뿐만 아니라 전 세계에 번역되어 독자가 많고 책을 읽은 독자들은 그분의 체취를 직접 느끼고, 더듬어 보고 싶다는 생각으로 찾아간다. 이제는 그곳이 성지가 되어 많은 순례자들이 찾아가고 있다.

책을 선물 받은 주, 수요일 다락방기도가 끝난 후에 책 세 권을 흔들면서 선착순으로 읽으면 좋을 것이라고 하자, 제일 먼저 손을 든 사람은 역시나 책읽기를 좋아하는 임마꿀라따 그리고 골룸바, 막달레나가 선정되어 '묵주알' 책을 가지고 갔다.

'묵주알' 책을 다 읽고 난 임마꿀라따 의 반응? 역시 임마꿀라따 다웁다.

'우리 나가사끼에 가보자!"

나도 책을 읽으며 나가사끼에 가보고 싶다는 생각을 했지만, 생각이었을 뿐!

다락방 식구들도 "나도 책을 읽으면서 그런 생각이 들었다."로 모두 호응을 하는 순례의 바람으로 나가사끼 성지 순례길을 떠나기로 결정되었다.

다락방 식구들 대부분은 자녀들을 시집 장가 보냈고 , 세상 속에서의 의무와 책임을 다한 사람들이어서 언제라도 작정하면 훌쩍 떠날 수 있는 복 받은 사람들이다.

여건이 맞지 않아 함께 떠나지 못하는 나를 위해 막달레나가 이렇게 위로를 해주었다.

"여보, 당신이 글을 잘 쓰게 되면 이 집이 성지가 되니까 그리 알아요."
그러자 임마꿀라따가,
"우리가 다락방기도를 열심히 하고 있으니, 여기는 이미 우리들의 성지 아닌가?"

이렇게 말하자, 너도나도 고막리 189-1번지 우리 집 이 자리는 성지가 된다는 이야기들로 한참 꽃들을 피웠다.

"요즘은 박해를 받지 않으니까 죽음으로 순교할 수는 없고 열심히 하느님을 증거하면서 사는 삶이 순교가 될 것이니, 우리가 열심히 하느님을 증거하며 살자구우."

"결국 우리가 거룩해지자는 이야기이니 나가사끼에 다녀와서 더욱 거룩해집시다요."

"알았어요. 고막리 예비 성지는 내가 잘 지키고 있을 터이니 잘 들 다녀오시어요.!"

우리들은 4박 5일 헤어지는 인사를 이렇게 거창하게 했다.

햇살이 유난히 빛나는 이 가을에 하느님의 숨결을 알고 , 빛 고운 바람과 향기로운 기도의 꽃으로 만난, 다락방기도 식구들은 행복과 고난을 자매처럼 맞이하면서, 오늘도 성모 어머님을 향한 우리의 사랑은 계속된다.

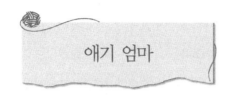

애기 엄마

막달레나는 말을 참 맛있게 한다.

전화하거나 카톡으로 그녀는 "애기 엄마! 어디야?"라고 쓰는데, 다락방 식구들에게 "애기 엄마! 어딨어?"라거나 "여보, 뭘 해?" 그건 우리를 소집하는 신호다.

대부분 자신의 집에 냠냠 할 게 있으니 어서 오라고 ...

처음에 내게 "애기 엄마!"라고 불렀을 때 나는 그 호칭이 어찌나 재미있고 설레던지 1년치 웃음을 그것도 자지러지게 큰 소리를 내며 웃었다

내가 하도 웃으니까 옆에 있던 사람에게까지 전이되어서 따라 웃다가는 이렇게 말을 했다.

"그렇게 웃다가 숨 넘어 갈 수도 있겠어요."

우리들은 대부분 젊은 날에 애기 엄마들이었지만 7학년이 넘어서는 그 사실을 까마득히 잊어버렸다. 예전에 우리들이 여자이기나 했던 것인지 기억할 수도 없다.

그런 처지에 "애기 엄마" 소리를 들으니 무색하고 정겹고 때로는 쑥스럽고 그러면서도 싫지 않다.

나는 막달레나가 부르는 그 말이 재밌어서 따라해 보았는데, 말하는 나 자신도 그렇고 듣는 상대방 역시 무반응이라 그만두어 버렸다.

다락방 다른 식구들도 나 같은 경험을 한 것인지 이 호칭은 여전히 막달레나의 전유물이다. 그리고 우리들은 주름진 눈가에 함박웃음을 피어나게 하는 "애기 엄마"라고 부르는 소리가 좋다.

언제나 우리들은 생활 속에 고통과 애환 자신의 부끄러웠던 어린 시절의 이야기 등이 나오는데 그때마다 성모님의 힘을 빌려 하느님께 호소할 수 있어서 기쁘다.

어머니 사랑이 필요한 이유 되지요? "애기 엄마"

지금은 일곱 명 애기 엄마들은 수요일 우리 집에서 기도모임 외에 일주일에 한 번쯤은 이렇게 불리우면서 호출을 당해 맛있는 별식을 먹는다.

호박죽, 잔치 국수, 도토리묵, 녹두전, 삼겹살, 만둣국 등등, 때로는 그냥 김치가 맛있게 익어서 부르는 등 갖다 붙이는 이유가 무궁

무진하다.

　다락방기도 덕분으로 마음 여는 것을 알았고, 그래서 우리 자신의 안도 들여 다 볼 줄 알게 되었다.

　그래서 불편한 일이 생기면 세상을 원망하기보다는 우리 스스로 성찰할 수 있게 되었으니 다락방 기도 속에서 우리들은 무럭무럭 자라고 있는 듯 하다.

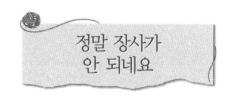

정말 장사가
안 되네요

매주 수요일에는 통진 성당 레지오 활동이 있다. 우리 다락방 식구 대부분은 레지오 활동을 한다. 레지오가 12시에 끝나고 2시에 고막리에 오게 됨으로 점심식사가 문제가 된다.

특히 경수자 데레사는 집에 갔다가 다락방기도 자리로 오기까지는 거리가 아주 멀어.

점심식사를 해결하는 일이 묘하게 골치가 아프게 된다. 외식을 싫어하는 임마꿀라따는 차가 있으므로 집에 가서 해결하고 기도 자리까지 오는 것이 괜찮으므로 늘 점심식사가 걸리는 사람이 경수자 데레사이다.

그래서 막달레나는 애기 엄마들을 단체로 자기 집으로 부르는 때가 종종 있다

김포저널 원고 청탁으로 인터뷰를 하거나 늦은 밤에 글을 쓰게 되는 나는, 언제부터인가 입만 가지고 사는 처지가 된 것 같아 스스로 "나는 얌체가 아닐까?" 싶어서 한 가지 제안을 했다.

"제가 고막리 수요 식당을 차리기로 했어요, 메뉴는 그때그때 달라요, 가격은 천원입니다. 그러니 많이 애용해 주시와요."

돈을 받지 않으면 오지 않을까 보아서 천원으로 했는데, 정말 제일 반기는 이는 경 데레사였고 임마꿀라따도 찬성이었다.

첫날은 개업 파티이므로 상추를 곁들인 불고기로 준비를 했는데 인기가 나름 짱이었다.

"못할 줄 알았는데, 제법 하시네."

임마꿀라따의 말에

"제가요? 생각해 보았는데요, '음식 맛은 시간과 좋은 재료에 비례해요, 정성을 들여서 하니까, 맛이 나는 거지 첨부터 타고나는 것은 아니라 그 말씀이지요." 내가 말하자 모두 웃었다.

나는 음식을 잘 못하는 것으로 정평이 나 있고 사실로도 그런데 재료부터 잘 고르고 정성을 들이니까, 먹을 만해져서 그런 공식을 표방하기로 한 것이다.

문수산 자락에 고막리 수요 식당이 자리를 잡게 되려나 싶은데 이

크 제동이 걸렸다.

막달레나가 반대한다는 것인데, 다락방기도 식구들은 막달레나가 안 된다면, 안 된다고 말했다.

대장으로 불리우는 막달레나가 고개를 흔들면 우리는 그의 뜻을 따른다.

이유인즉 최 세실리아가 바쁜 사람이어서 안 된다는 것이라는데, 아마도 진실은 내가 경제적으로 힘들 것이 이유인 것 같았다.

그동안 입만 갖고 산 것이 미안해져서 좀 갚아보겠다는 뜻은 이렇게 무산되었다.

"정말 장사 안 되네요. 보시 중에 입보시가 최고라고 해서 복 좀 받아볼까 했는데 것 두 맘대로 안 되네요. 할 수 없지요, 오늘 부로 식당 문 닫아요."

문수산 자락 다락방에 저녁 노을이 진다.

어찌 좋은 날만 사랑이고, 나쁜 날만 영원하겠는가.

다시 만나요

　나에게 다락방기도 모임 외에 성당에서 하는 신심단체에 들어가 봉사를 하면 좋을 거라는 막달레나의 말에 어느 단체가 나에게 합당할까, 많이 생각하다가 "잔치 집에는 가지 않아도 좋지만 초상집에는 가는 게 지혜로운 사람"이라는 막달레나의 말에 공감하고 연령회에 가입했다.

　꼭 정해져 있는 시간이 아니고 그때그때 형편에 따라서 할 수 있는 자유로움이 있을 것 같았다.

　연령회 회원으로 초상집에 문상을 가게 되면서.. 문득 우리 인간은 지나온 삶으로 돌아갈 수 없다는 깨달음을 받았다. 왜냐하면 지나온 삶! 그곳은 하느님의 영역이다.

　죽음이 어느 날 불현듯이 오고, 피할 수 없는 일로 어쩌면 바로 내 곁에 있는 절대 숙명이므로 내가 살아 있는 지금, 여기에서 열심히 살게 해주는 힘이 되어주는 것 같다.

멀리 있다고만 여겼던 죽음은 길을 걷다가도, 잠을 자다가도, 차를 타고 있다가도, 여행을 떠났을 때도 갑자기 덮쳐 오게 됨으로, 우리는 하루를 의미 없이 살아서는 안 된다는 숙연함으로 가끔씩 내 삶을 돌아보게 된다.

그리고 초상집에 다녀오면 마음속으로 남편 베드로에게 고마운 마음이 된다.

"베드로 '내 곁에 있어 주어서 고마워요' 혼자라면 밤늦게 들어와 깜깜한 방에 불을 켜야 하는데 그렇게 하지 않아도 되는 것이 감사하네요."
'지금 살아있을 때, 잘하자!'

당분간 더 살아가야 하는 우리들이다. 살아 있는 모든 것에 감사를 느끼면서 떠나간 사람들의 몫까지 더 열심히 용기있게 살아가자는 다짐을 한다.

우리 다락방 식구들에게도 사별의 슬픔이 하나둘씩 늘어나고 있다.

살아가면서 겪게 되는 일 가운데 가까운 이들, 특히 사랑하는 가족의 죽음만큼 큰 충격으로 다가오는 일은 없는 것 같다.

한 생명이 이 세상에 느닷없이 왔다가 영원한 세상으로 가는 모든 죽음은 많이 슬프다.

가깝게 지내던 이들의 죽음은 더욱 그렇지요. 그를 다시는 볼 수 없고 악수할 수 없고 포옹인사도 할 수 없는 안타까움으로 그저 눈물이 쏟아지는데, 부모, 형제 가족의 슬픔과 애절함은 이루 말할 수 없다.

❧ ❧

수산나의 부군 시몬선생이 하늘나라에 가셨다.

다락방기도 식구들은 시몬선생의 병이 위중해서 살아 있는 동안에 가족과 화해하는 작별을 하고 편안히 주님 곁으로 돌아가시라는 기도를 했는데, 병원에 계시는 보름동안 가족들에게 자신의 고집 때문에 상처 준 일을 사과하고 특별히 큰 아드님 손을 따뜻하게 잡았다고 했다.

❧ ❧

나는 죽음 앞에 있는 이를 보면 우리 곁을 떠나 아주 없어져 버리는 것으로 생각이 되어 먹먹하다.

골룸바의 부군이 노환으로 누워계시게 되자 다락방기도 식구들은 그녀의 부군이 대세 받기를 간절한 마음으로 기도드렸다.

어느 날 골룸바로부터 다급히 연락이 왔다. 대세 받기를 원하지 않던 부군이 대세를 받겠다는 소식이었다. 이 소식을 접한 후 우리는 급하게 성당 수녀원으로 가서 수녀님을 모시고 부랴부랴 골룸바 집에 갔다. 그리고 대세를 받고, 세례명이 요셉이다. 요셉이라는 이름을 받은 형제님은 며칠 후에 골룸바 곁을 떠나갔다.

"외롭고 가난한 영혼을 저버리지 않으시는 하느님 당신은 장골룸바 가정을 잊지 않으셨군요."

황혼이 짙어지는 길목에 선 나

다락방기도 식구인 함일석 이레네의 죽음은 이 순간에도 눈물이 솟구친다.

특히 이레네는 특별한 친구로 친정 어머니처럼 나를 챙겨주었는데 그 고마움을 보답할 시간도 주지 않고 먼 길로 떠나갔다.

우리는 사람이 죽으면 "돌아갔다"라는 표현을 한다. 돌아갔다는 말은 다시 간다는 의미인데 그렇다면 우리가 죽었을 때 그곳으로 먼저 간 그들을 만날 수도 있다는 것일까?

나는 그 생각을 곰곰이 생각하다가 가슴이 뛰었다.

"나도 죽으면 그들을 다시 만날 수 있을 것이다. 아, 그리운 어머니도 만날 수 있을까?..."

나는 대학교 때 교리공부를 다 하고서도 천국을 믿을 수가 없어서 세례 받는 날 아침 도망을 가 여러 사람을 난처하게 했었다. 그리고 78년도에 세례를 받을 때도 천국문제는 아리송하게 남겨두고 세례를 받았는데 다락방기도을 하면서 그리고 연령회원이 된 후에 비로소 천국을 믿게 되었다.

⤳ ⤳

나는 이레네 입관예절에 참여해서 평온한 모습의 그녀에게 성수를 뿌리고 마지막 인사할 때, 그녀 귓가에 가까이 다가가 속삭였다.

'이레네 그동안 고마웠어요, 안녕. 다시 만나요."

다시 만난다는 것을 믿게 되었기에 아주 슬퍼하지는 않기로 했다, 그런데 눈물은 왜 자꾸 흐르는 것인가?

이레네와 작별하고 집으로 돌아왔다. 잠이 오지를 않아서 이 책 저 책 뒤적이다가 윤동주님의 시집을 들었다.

"별 헤는 밤"을 찬찬히 소리를 내어서 읽어 내려갔다. 내 목소리를 내 귀로 들으며.. 가슴을 울린 시를 여기에 적어본다.

계절이 지나가는 하늘에는/ 가을로 가득 차 있다.//

나는 아무 걱정도 없이/ 가을 속의 별들을 다 헤일 듯하다.//

가슴 속에 하나 둘 새겨지는 별을,

별 하나에 추억

별 하나에 사랑과

별 하나에 쓸쓸함과

별 하나의 동경과

별 하나에 시와

별 하나에 어머니, 어머니.

별 하나에 이레네, 이레네,

당신들은 지금 너무나 멀리 있습니다.
별이 멀 듯이

우리 다시 만나요

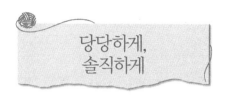

당당하게,
솔직하게

잘 하는 것을 못하는 척 하기도 어렵고, 못 하는 것을 잘하는 것 같이 한다는 것도 어렵다. 잘 하는 것은 당당하게, 못하는 것은 솔직하게 드러내는 것이 용기인 것 같다.

오래전 일이다. 정기적으로 모임을 하고 있는 '오늘 팀' 방송 후배들을 만났을 때 당시 우리가 만들던 생방송 '오늘'이라는 프로그램 이야기에 꽃을 피우다가 내 게으름 이야기가 나왔다. 그녀들은 내 술 이야기를 하면서 "어쩌냐, 나, 아직도 술이 깨지 않았어, 은희야, 신숙아. 오프닝 멘트 어떻게 할까?"

거의 매일은 아니지만 사흘에 한 번씩 토씨 하나 틀리지 않고 그렇게 말해 자신들 머리를 쥐나게 했다는 것이었다. 그래도 밉지 않은 것은 내가 솔직하게 죄를 고백하고 윗사람들과는 어떤 경우에도 자기들을 보호해주었다면서 나를 들었다 놓았다 했다.

"아, 그때가 그립다. 아, 그때가 나의 황금기였는데, 아아."

후배들은 나의 신세타령에, "언니, 언니는 지금이 황금기거든." 그들이 단호하게 말했는데, 문득 그 말이 맞는다는 생각이 들었다.

옛날에 황금 송아지가 열 마리 있었으면 뭐하나, 지금 우리 집에 있는 까망 고양이가 더 유익한 것처럼.

나는 허물투성이 사람이다.

김수현 선배님이 나에게 이십 대 맛깔 나는 글 솜씨 어디 보낸 거야?라는 말에 "선배님, 일감이 오면 잘 써야지 하는 생각 없이, 빨리 써서 돈 받아야지 하며 썼으니 글 솜씨가 형편 없어 질 수 밖에는요."

성실하지 못한 내 성품을 탓하기보다 이렇게 생활고에 핑계를 대었다.

이 악물고 노력하기보다 현실에 한숨을 쉬고 때로는 술 속으로 도망치곤 했었는데, 그런 상황이 극도에 달했을 때 고막리로 이사 왔다.

그때의 일을 지금도 바로 보기가 힘들고 왜 그렇게 됐는지 가늠이 잘 되지 않았다.

2010년도는 경기가 좋지 않았고, 현찰과 마찬가지라는 말이 있을 정도로 내놓기만 하면 팔리던 아파트가 값은 떨어지고 팔리지는 않았다. 나는 결국 고막리 잔금을 치르기 위해 가격을 많이 내려서 아파트를 팔고 말았다. 그로 인해 빚을 청산하고 남은 돈으로 5년쯤 놀면서 꼭 써보고 싶었던 소설을 써보겠다는 나의 야무진 꿈은 사라지고 절대적 가난이 찾아왔다.

"아무래도 나는 재복은 없고 ,인복을 타고 낳는지?"
도저히 헤쳐나 갈 수 없을 만큼 힘들 때면 누군가가 나의 손을 잡아준다.

콩나물 시루에 물을 주면 그대로 다 쏟아지는 듯해도 콩이 자라 콩나물이 되듯이 나도 모르게 좋은 신앙의 친구를 만나서 신앙심이 자랐음을 알게 되었다.
나 자신의 처지를 비관하고 한숨을 쉬지 않고 이래저래 삶의 용기를 가지게 되었다.
언제부터인가 살아있음에 감사하고, 살아 있을 때 주변 사람들에게 잘하고 살자는 다짐을 한다. 아니, 잘하지는 못하더라도 나 때문에 손해를 보거나 최소한 기분 나쁘게는 하지 않겠다는 각오도 하고, 사람들을 만나면 상냥하게 인사하고 , 가능하면 기분 좋은 말과 상대방의 말을 들어주려고 노력을 하는데 제 버릇이 툭 툭 나올 때가 있다.

요즘은 정말 눈과 귀와 마음에 들어오는 모든 것이 다 감사한다.
공기 좋은 고막리에 살고 있는 것, 가톨릭 신자인 것, 글을 쓰고 있는 것, 남편 베드로가 건강하게 내 옆을 지키고 있는 일은 또 얼마나 감사한 일인가.

"내가 홀로 있다면 나가서 남자들과 합석하는 술자리에 낄 생각은 꿈도 꾸지 못 할 텐데 베드로 감사해요."

일상의 크고 작은 걱정과 한숨, 기대, 미움은 지금 당신이 생생하게 살아 있다는 축복의 시간이다.

어머니가 예전과 달라지려고 노력하는 이런 나의 모습을 보시면서 기특해하실 것 같다.
어쩌면 어머니는 하느님 아버지께, 그리고 아들 예수께 이렇게 말씀 해주시지는 않을까?

"우리 아이들, 특히 고막리 최 세실리아가 좋아졌답니다. 그렇지요?"

요즘은, 묵주기도로 하루를 마감한다.
묵주기도를 하기 전에 먼저 그날에 감사한 사람을 두세 명 기억해 적어본다.
그리고 내 삶을 묵주 한 알 한 알에 실어서 굴린다. 웃음, 사랑, 눈물, 고마움, 미안함, 외로움, 그러다 마치 우주를 돌리고 있다는 착각을 하며 저는 깊은 잠에 든다.

베로니카

우리가 넘어졌을 때, 누군가가 손을 내밀어준다면 일어나기가 쉽다.

그러나 아무도 없는 곳에서 나자빠지면 땅을 짚고라도 아니, 죽는 힘을 다해 혼자서 일어나야만 한다.

곤궁할 때 누군가가 내밀어 주는 따사로운 손, 나에게는 그런 손이 곁에 있다.

70여 년 살아오는 동안 힘든 때가 많았다. 제일 힘들었던 때는 고막리에 이사 온 직후였다. 겨우 겨우 이사는 했는데 등록세, 취득세를 은행에서 단기대출을 받아 해결한 일 때문에 신용불량자가 될 처지에 놓이고 말았었다.

가난해지면 돈을 빌리는 일을 할 수가 없다. 갚을 길이 막연한데 빌린다는 일은 상대를 불안하게 할 뿐만 아니라 내 쪽에서도 입을 뗄 수가 없어진다. 잘못하면 친구를 불안하게 하고 끝내는 친구를 잃게 될 수도 있기 때문이다.

나는 고민을 하다가 어떤 분을 떠올렸다.

그분은 주변의 어려움을 외면하지 않는 분으로 내게도 아량을 베풀어줄 수 있을 것만 같았다.

알게 모르게 선행을 많이 하는 것으로 알려져서 "착한 이웃"잡지에 글을 쓰기 위해 인터뷰를 요청했던 분이다. 하루 종일 곰곰이 두통이 나도록 생각을 했지만 달리 방법이 없었다. 신용불량자가 되면 모든 은행일이 막혀 살아갈 수가 없게 되는 절박함이다.

은행 약속 날짜 이틀 앞두고서 내용을 여러 번 쓰고 지우 다를 반복하다가 구질구질한 사연은 빼고 필요한 것만 적어 보냈다. 등쌀에 식은땀이 흘렀다.

이튿날 오전에 내 핸드폰으로 이런 문자가 떴다.

"송금했습니다. 힘 내세요"

그 글자를 보는 순간 콧등이 찡해지고 눈앞이 흐려져 와 고개를 들어 하늘을 보면서 눈가에 흐르는 물기를 없애느라 한참 동안 눈을 깜박였다.

그 이후 돈을 갚으려 갔다. 그분은 완강하게 받지 않고 내가 쩔쩔매자.

"기도해주시면 돼요." 라고 말해 나를 편안하게 해주었다.

그 일 이후 나는 은인을 위한 기도를 하게 되었다.

또한 다락방기도 식구들은 나의 사연을 듣고 은인을 위한 기도를 하면서 그 분이 운영하는 병원 환자들의 쾌유를 비는 기도를 한다.

그 해 가을이 깊어진 어느 날 갑자기 날씨가 차가와진 날이었다.

그분이 느닷없이 고막리에 오셨다.

"월곶면에 오는 일이 있어서요, 작가님 집이 예쁘네요. 그런데 슬레이트 지붕이라 겨울은 춥겠어요."

그분은 십여 분쯤 있다가 일어섰다.

그리고 또 십여 분쯤 지났을 때 그분한테서 전화가 왔다. 내 책상에 기름값을 조금 넣은 봉투를 두었으니 따뜻하게 지내시라는 내용이었다.

그 이듬해, 그분이 다시 고막리를 찾아오셨다.

그리고 집을 살피다가, 낮은 음성으로 속삭이듯이...

"작가님, 지붕을 하세요, 슬레이트 지붕이 여름에는 덥고 겨울에는 추워요."

"......"

그분은 부족하면 꼭 말씀을 해주어야 한다고 말하면서 책상 서랍에 봉투를 넣었다.

"춥게 지내시면 병나세요, 저는 작가님이 편안하게 글 쓰셔야 마음이 놓일 것 같아요."

그렇게 해서 우리 집은 벽에 두툼한 스티로폼을 대고 빨간 지붕으로 바뀌면서 튼실한 집이 되었다.

해마다 있던 일이다. 갑자기 날씨가 추워지면 방문하셔서 그 분이 돌아가고 나면 내 책상 위에 흰 봉투가 놓여 있곤 했다.

다락방기도 식구들의 간식으로 빵, 과일, 음료 등을 지금까지 보내주시는 베로니카님. 예수님이 십자가를 메고 골고다 언덕을 오를 때 수건으로 예수님의 얼굴을 닦아준 베로니카. 그런 연유인지 베로니카라는 세례명을 가진 사람은 남의 어려움을 잘 돌보아주는 신자가 많은 것 같다. 살다보면 내가 도와줄 사람을 찾아 먼 곳을 살피게 된다. 그러나 나를 도와줄 사람도 내가 도와줘야 하는 사람도 모두 내 가까이에 있는 것 같다. 그런데 등잔 밑이 어두워서인지 우리는 바로 내 곁을 잘 보지 못할 때가 많다.

베로니카 성녀

새붉은 십자가 길의 증인
메시아 영상을 전해준 여인
구원의 성혈로 만든 최초의
성스러운 판화 작가

하양인 옹기성당 시집에서

사랑은
나를 필요로
하는 쪽으로
열려 있다

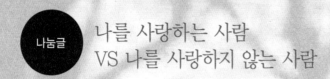

나를 사랑하는 사람
VS 나를 사랑하지 않는 사람

사람을 설득할 수 있는 힘은 무엇일까요?

마음을 움직일 수 있는 힘은 오직 하나입니다. 바로 사랑이지요.

사랑은 마음을 움직일 수 있는 가장 위대한 힘입니다.

그런데도 당신은 사랑이 바로 옆에 있어도 쉽게 보지 못합니다.

그것은 당신이 사랑에 만족하지 못했기 때문입니다.

사람들은 사랑을 채워지지 않는 갈증과 같은 것이라고 합니다.

목마른 사람들이 사랑의 갈증을 채우기 위해 노력하고 있습니다.

하지만 사랑에 허기진 사람은 조그만 사랑은 사랑으로 보지 않습니다.

늘 자신의 노력에 비해 적게 돌아오는 사랑 때문에 불평을 하지요.

사랑은 자신으로부터 시작됩니다.

자신을 사랑하지 않는 사람은 아무도 사랑할 수 없습니다.

자신을 존중하지 않는 사람은 존중을 받을 수 없습니다.

당신은 사랑을 표현하는 방식을 잘 알고 있습니다.

바로 친밀감이랍니다.

친밀감은 자신으로부터 시작된 사랑의 강점입니다.
스스로 물어보세요.

'나는 내가 얼마나 편안한가?
나는 나와 함께 하기를 좋아하는가?'

내가 내 자신과 함께 있기를 좋아하지 않는데, 누가 나와 함께 있기를 좋아하겠습니까?

당신이 자신을 역겨워 하고 수치스러워 한다면, 그런 감정은 상대에게도 고스란히 전달됩니다. 왜냐하면 마음은 몸을 속일 수 없으니까요. 얼굴 표정과 눈빛 하나도, 당신이 표현하는 모든 몸의 언어에는 거짓말이 있을 수 없습니다.

사랑을 받기보다는 사랑할 수 있는 능력을 키우세요.

하양인 편집부

아름다움이란

흔히 아름다움을 판단할 때
그 아름다움이 안에 있는지
아니면 밖에 있는지를 가려서 결정합니다.
일반적으로는 겉으로 드러나는 것을 보고 판단하지요.
하지만 보잘것없고 아주 작은 것에도
아름다움이 숨어 있으며, 드러나 보이지 않는 내면의 마음이
더욱 감동적으로 아름다울 때도 흔히 있습니다.

〈교황 프란치스코 어록303〉

아름다운
추억

예전 평화방송라디오 프로그램 중에 '신부님, 신부님, 우리들의 신부님'이라는 프로가 있었다. 제목 그대로 신부님들의 이야기인데, 로만 칼라를 하신 모습은 같지만 개성, 말씀의 향기가 다르고, 모두 나름의 독특한 빛깔이 있었다.

통진 성당에도 신부님들이 부임해 오셔서 신자를 이끌어주시고 사랑하시면서 사목활동을 하시다가 정 들면 떠나시곤 했으므로 기독교 교회 목사들처럼 오래 계시면 좋겠다는 생각을 한 적이 있다.

신부님이 부임해 오시면 3-4년은 계시는데 번개처럼 번쩍 오셨다가 홀연히 다른 임지로 발령을 받아 가신 신부님이 계시다.

이용현 베드로 신부님은 2018년 2월 9일에 우리 통진 성당으로 부임해 오셨다가, 2018년 8월 27일 인천교구청으로 가셨다. 7개월간 참 많은 일을 하시고, 신자들을 엄청 사랑해주셔서 우리들을 꼼짝 못하는 사랑의 포로를 만들어 놓으시고는 본래 있던 교구청로 가셨다.

유행가 가사처럼 "...그렇게 떠나가시려거든 정이나 주지 말 것을..." 노래에 딱 어울리는 만큼 정을 들여놓으시고는 떠나셨다. 우리 영혼에 울림을 남기신 신부님 사랑의 힘, 쉽고 재밌으면서도 할 말 다해주시는 미사 강론도 한몫했다.

내게 베드로 신부님의 강론은 첫날부터 예사롭지 않았다.

신부님은 첫날 강론에 노래를 부르는 파격을 보였다.

이 신부님은 통진성당으로 오면서 너무 떨리고 마음을 잡지 못했는데 마침 라디오에서 이런 노래가 들려왔다고 하면서 노래를 부르신 것이었다. '걱정말아요, 그대'를 개사한 곡이었다.

그대여 아무 걱정 말아요

우리 함께 기도합시다

그대 아픈 기억들 모두 그대여

그대 가슴에 깊이 묻어버리고

지나간 것은 지나간대로

그런 의미가 있죠

떠난 이에게 기도하세요

후회없이 사랑했노라 말해요

그대는 너무 힘든 일이 많았죠

새로움을 잃어버렸죠

그대 슬픈 얘기들 모두 그대여

그대 탓으로 훌훌 털어버리고

지나간 것은 지나간대로

그런 의미가 있죠

우리 다 함께 기도합시다

후회없이 꿈을 꾸었다 말해요

후회 없이 꿈을 꾸었다 말해요

　나는 신부님의 강론을 듣다가 감동이 되면 재빠르게 그리고 살짝 녹음을 하기 시작했다.

　신부님의 강론은 "비유문학의 극치가 성경이듯이" 비유를 적절하고도 재밌게 들려주심으로 아이 어른 모두 빠져들게 했다. 신부님 강론의 사례 대상으로 당신 조카들이다.

　또한 어디서 준비하셨는지 유머, 넌센스 퀴즈 등을 하신다.

　"심장의 무게는 몇 근일까요?"

　신자들이 대답을 하지 못하고 가만히 있으면

　"...두근두근하니까 네 근이구요, 인생의 무게는 천 근 만 근이어서 만 천 근입니다. 그럼 제 마음은 몇 근 일까요?"

　또 신자들이 조용히 있으면

　"제 마음은 따끈따끈해서 열 근입니다."

　신부님은 통진에 있으면서 아주 많은 일들을 하셨다.

　성모동산에서의 성모의 밤 행사는 인천주보에도 게재되어 화제가 되었다. 그 아름다운 밤의 별처럼 빛나던 성모 동산의 풍경 사진으로 컵을 만들어서 판매한 수익금으로 성당 지하실에 의자를 바꿔주었다. 그리고 모든 신자들 사진을 찍어 주었으며 75세 이상 어르신 신자들께는 액자를 만들어 영정사진에 쓸 수 있도록 준비해 주었으며 어버이날에는 가방을 선물해주었다.

신부님의 7개월은 7년처럼 우리들의 가슴에 각인되어 아름다운 추억이 가득하다.

이용현 베드로 신부님은 첫 강론과 마지막 강론 때 부르신 '걱정 말아요, 그대' 가사처럼 떠난이에게 기도하세요.

후회없이 사랑했노라 말해요. 우리 다 함께 기도합시다.
후회없이 꿈을 꾸었다 말해요.
후회없이 꿈을 꾸었다 말해요.

신부님 당신은 우리들에게 후회없이 사랑하고, 후회없이 꿈을 꾸도록 일깨워 주셨다.

자신의 이익보다 먼저 다른 이의 이익을 위해서 사는 삶은 부유하다고도 일러주신 베드로 신부님 항상 예수 그리스도의 생명과 사랑 속에서 기쁨과 행복 이루세요.

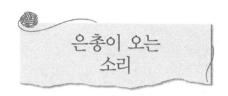

은총이 오는
소리

예전 서울 불광동에 살던 시절 동네에 예쁜 소녀가 있었다. 후배 딸인데 사춘기를 호되게 치르고 있다고나 할까, 말썽을 부리는 상태가 심해 가출까지 해서 엄마를 힘들게 했다.

나는 그 애를 위해 기도하면서 어떻게든 교리공부를 시키고자 애를 쓰면서 그 애에게 공을 들일 때였다.

어느 날 그 소녀가 나를 찾아와서는 대뜸, "아줌마, 저 절에 다니기로 했어요."하는 것이었다.

빵을 사주면서 그 이유를 물으니 북한산 중턱에서 만난 스님이 교회나 성당에 다니면 은총을 받는데 절에 다니면 금총을 받는다고 했다는 것이었다.

"우리 친구들이요, 은총보다는 금총이 좋은 거라구 해서 절에 다니기로 했어요."

"그래? 그럼 금총부터 받는 게 좋겠네."

스님이 나쁜 말씀은 하지 않을 터이므로 그 애와 함께 스님을 만나러 절에 가본 일이 있다.

그 후 청소년 드라마 "선생님, 선생님, 우리들의 선생님" 시리즈를 쓸 때 말썽 피우는 제자를 교화시키는 선생님 이야기에 "금총 동아리들의 합창"이라는 제목을 붙였었다.

나는 잘못한 일이 매우 많아 기도하면서 '은총'을 달라는 기도는 감히 하지 못하고 '용서'를 청하는 기도를 하는 편이다. 용서를 받았는지, 기도 응답은 있는 것인지, 은총이 왔었는지 잘 가늠할 수가 없었는데 다락방기도를 한 이후 "아, 바로 그 일이 은총이었구나!'라는 깨달음을 얻게 되었다.

은총은 고통 뒤에 올 때가 많았다.

'고통이 삶을 정화해 준다.'는 말이 실감되면서 고통은 견딜 수 있을 만큼만 주신다는 섭리도 알게 되었다.

2017년 여름에 나는 빗길에 넘어지면서 바닥을 짚었는데 오른 팔목이 부러졌을 뿐만 아니라 골다공증 때문에 뼈가 으스러지게 되어 오른 손목과 손등에 철심을 박아 교정시키는 장치까지 하게 되었다.

"주님, 어머니! 제가 요즘에는 크게 잘못한 일도 없는데 이렇게까지 벌을 주실 게 뭐예요? 마감하지 않으면 큰일 나는 일거리 있는 거 아시잖아요? 어떡해요, 저만 큰일 난 게 아니라 출판사도 난리 나게 생겼다구요. 정말 너무하세요."

나는 눈물까지 쏟으면서 주님과 어머니를 원망하기에 이르렀다.

나의 사지 중에 꼭 한군데를 다쳐야 하는 운명이라면 왼손을 다치는 게 좋다. 걸어 다닐 수 있고 밥을 먹는 등 손을 쓰는 일에 크게 지장을 받지 않기 때문이다. 그런데 최악인 오른손을 다친 것이다. 오른손을 쓰지 못하게 되어 생활이 거의 스톱이 되었다. 세수, 밥 먹기도 힘들어지고 컴퓨터는 언감생심 생각도 할 수 없다.

나는 곰곰 생각해보기 시작했다.

이미 일은 벌어졌고, 이 상태에서 손해를 가장 덜 보는 방법은 무엇일까?

그렇게 생각하다가 주님이 내게 강제로 휴식을 주신 것이라 여기면서 일단은 입원생활을 즐기기로 작정했다. 그래서 병문안 오는 사람들에게 "세상에, 병원에 있으니 보고 싶은 사람들을 앉아서 다 만나게 해주시네요, 이렇게 맛있는 것두 잔뜩 들고 오시구요, 횡재한 거예요"라고 호들갑을 떨며 아픈 내색을 하지 않았다.

다락방 식구들은 나를 위해 기도하면서,

"주님, 세실리아에게 어떤 은총을 주시려고 이런 고통을 주시는 겁니까?"

그들은 대체적으로 이런 내용의 말을 하면서 내가 빨리 쾌차하라는 기도를 해주었다.

나는 속으로 이런 상황에서 '은총'이라는 말은 가당치 않다는 생각이 들었다.

나는 좋지 않는 일이 생겨도 금방 마음을 돌려 속상해하지 않으려고 하는 편이다.

"그래, 한 가지만 손해 보자. 스트레스 받으면 나만 손해니까."

라면서 툴툴 털어버리는 편이다.

헌데 이 사고는 손목 다친 것으로 손해보고 털어버리기에는 손실이 너무 커서 약이 올랐다.

그런 어느 날 김포저널 곽 대표가 병문안을 왔다가면서 내가 피우는 '에쎄'담배를 한 갑 주면서 잠이 오지 않으면 한 대 피우라는 말에 "싱겁기는 병원에서 어찌 피우누?"라면서 서랍에 넣었다.

그런데 병실에서 대체적으로 잠이 오지 않으니까 '정말 한 대 피울까?'라는 생각이 굴뚝같이 생기는 것이었다. 그래서 일어나 담배 꼬나무는 생각을 해보다가 깜짝 놀라버렸다.

"철심이 박힌 이 손으로 담배를 피운다?"

나는 후다닥 놀라면서 한 생각이 뇌리를 번개처럼 스치고 지나갔다.

그 모습이 너무 그림이 되지 않기 때문이었고 그러다가 내 머리를 후려치는 생각이 "아! 주님이 담배 끊으라는 경고를 주신 것인가?"라는 깨달음이 왔다.

다음 날부터 나는 찾아오는 사람들에게 말했다.

"제가 담배를 끊기로 했어요. 이 손으로 꼬나 무는 게 그림이 안 되잖아요."

나는 사람들에게 그렇게 장담을 해야 금연을 실천할 수 있겠기에 큰소리로 말했다.

"지금은 그렇지만, 그게 그렇게 될까요? 담배 끊는 게 힘들다던데요."

"그러니까 주님이 이런 방법을 쓰신 거지요."

"선생님, 그냥 잠시 쉬신다고 하시죠? 끊는 일이 그렇게 잘 될까요."

"아녜요, 이번에는 꼭 끊을 거예요."

나는 그동안에 금연을 실패했었지만 이런 고통이라면 다락방 식구들이 말하는 금연의 은총이 올 것만 같았다.

나는 30여 년 흡연인생에 종말을 고하고 정말 끊기 힘들다는 담배를 끊었다.

주님은 오른손을 쓰지 못하게 하는 고통을 금연의 은총이 되게 해 주셨다.

그러니 "고통 뒤에는 꼭 은총이 오니까 우리는 고통을 두려워하기보다 감사해야할 것 같다."

내가 퇴원하고 난 후 기도 모임 자리에서 말하자 다락방 식구들은 공감하면서 자신들의 경험담을 이야기하게 되었다. 그들도 살면서 크고 작은 고통을 겪을 때마다 신앙이 성숙해지는 은총을 받았다고 했다.

"헌데 주님은 왜 꼭 힘들게 하신 후에 복을 주시는 걸까요?"

"그건 우리가 은근히 고집이 세잖아? 힘들어야 비로소 깨닫는 존재니까, 주님도 어쩔 수 없이 그런 방법을 쓰시는 거지 뭐."

임마꿀라따와 막달레나가 거의 동시에 그런 비슷한 말을 하자 다른 식구들도 제각각 한마디씩 했다.

"그래, 맞아, 우리가 고집이 세고 사리에 어두워서야."

"한마디로 사랑의 매죠."

"인내는 쓰고 열매는 달다고 하지 않던가요. 참는 법을 가르쳐 주시는 거죠."

그 후 우리들은 다락방 식구들 중에 힘든 일을 당하는 일이 생기면 감사기도를 할 줄 알게 되었다.

"주님, 감사합니다. 또 무엇을 주시려고 이렇게 저희들을 단련하시는 겁니까?"

그리고 우리는 모두 손을 잡고 그 사람을 위한 기도를 하곤 한다.

나도 마찬가지다. 힘든 일이 오면

"또 무슨 은총을 주시려고 이러시나."

하면서 느긋하게 기도를 한다.

주님, 어머니는 우리를 사랑하시기에 견딜 수 없는 고통을 주지 않으실 뿐만 아니라, 고통 후에 꼭 금총보다 훨씬 좋은 은총을 주신다는 것을 확신하게 되었다.

못 말리는
다락방 식구

어떤 일이든 고정적으로 정해놓은 일을 착오 없이 실천하기란 쉽지
가 않다.

헌데 늘그막에 집이 다락방처럼 작다는 생각으로 다락방기도 모임
을 하게 되면서 일주일에 하루, 수요일은 꼼짝없이 다락방기도 손님을
받아야하는 처지가 되었다.

처음 얼마간은 우리 집에서 하겠다고 대답한 내 자신을 탓하면서
되물릴 수 있으면 물리고 싶고, 어떤 핑계를 대서라도 하지 않을 요량
을 피우기도 했었다. 무슨 조화 속인지 다락방기도를 하는 날에는 세
상 재밌는 일이 나를 손짓해 부르는데 그때마다 거절하고 기도 모임을
하는 일이 때때로 억울하기도 했다.

세상이 나를 부르는 전화가 올 때에 "다락방기도가 있어서 안 되겠는데요." 이렇게 말을 하면 "어머 글쟁이가 왜 할렐루야 아줌마가 되었지?" 할 것만 같아 다락방 이야기는 하지 않고 일거리 핑계를 댔었다.

무슨 일이든 3년이 고비가 된다는데, 나도 3년이 고비였던 것 같다.

시작부터 3년까지는 잡다한 생각에 시달렸는데 3년이 지나니 기도하지 않으면 찜찜하기도하고 두렵기까지 해서 이제는 꼭 하려는 마음을 먹고 있다.

그래서 다락방기도를 하는 수요일은 내가 나갈 수 없다는 것을 주변에 다 알리게 되었다. 그렇게 하고 나니, "아, 수요일은 안 되죠?"라고 하면서 선선히 나를 알아서 빼준다.

이렇게 꿋꿋하게 매주 수요일 다락방기도를 이어가는데, 또 목이 부러지는 사고가 있어 병원에 입원을 했다. 이쯤 되면 다락방기도는 쉴 수 밖에 없다.

다락방기도 식구들이 병문안을 왔을 때가 마침 수요일이었다.

그들은 나를 위한 기도를 해준 후에 1인실이니 좋다. 우리 이렇게 모였으니 다락방기도를 하자는 의견이 나왔다.

"그럽시다. 쉬지 말고 기도하라 하셨는데 합시다."

막달레나의 말에 그들은 두 시간 후 다시 병실에서 모이자는 약속을 했고, 다락방 때 모시고 하는 성모님상 대신 십자고상을 놓고 하면 되므로 곱비 신부님 메시지 책만 가져와 기도를 하기로 했다.

나는 사우동 병원 근처에 사는 여학교 친구 황미희 헬레나에게 성모님상과 초을 가져와 달라는 부탁을 했다. 병실에서지만 격식을 갖추고 싶었다.

이렇게 해서 내가 입원해 있는 동안은 병실에서 다락방기도를 계속할 수 있게 되었다. 병실에서의 기도는 집에서보다는 또 다른 숙연함이 있었다.

다과는 고막리 집에서보다 더 풍성해졌다. 병실에 들어오는 먹거리가 많은데다 부원장님인 도 베로니카님이 "병원에서 기도모임을 하니이곳 모든 환자분들이 더 빨리 쾌차하실 것 같다."고 말씀하면서 다락방 식구들을 위해 차를 올려 보내주었던 것이다.

"우리 다락방 식구들! 병실에서 다락방기도 하는 팀은 우리 고막리식구가 처음일걸요, 안 그래요?"

우리는 병실에서 기도를 마치고는 자기 자신을 대견해 하면서 모두한마디씩 했다.

그러고는 더욱 신이 나서는,

"세상 재미 버리고 주님 곁으로 돌아온 고막리 다락방 식구들을 위하여!"

"최의선 세실리아를 위하여!"

"고막리 다락방기도를 재건한 이귀임 막달레나를 위하여!"

"기도 안 하면 혼내는 신정자 임마꿀라따를 위하여!"

"천상 엄마의 천상 따님인 경수자 데레사를 위하여!"

"수선화 같은 김경선 수산나를 위하여!"

"굳세어라, 금순아 같은 장춘희 골룸바를 위하여!"

"늦게 난 뿔이 우뚝한 남궁정순 데레사를 위하여!"

"다락방기도를 하는 모든 신자를 위하여!"

우리는 커피 잔을 부딪치면서 낮은 목소리로….

항상 저희를 새롭게 하시는 주님! '오늘도 어린 영혼들 주님 사랑 중' 이라고 건배기도를 했다.

할머니의
힘

2013년에 제 266대 교황님으로 아르헨티나 출신의 프란치스코 교황님이 선출되었을 때 가톨릭 신자는 물론 전 세계인들은 놀라워하면서 그분의 생애가 집중적으로 조명되었다. 새 교황님이 가톨릭 역사상 처음으로 남미 아르헨티나 출신이라는 점과 예수회 소속 신부님이 교황이 된 것, 그리고 프란치스코라는 이름을 붙인 것 또한 처음이라는 사실 등이 화제가 되었다. 언론이 그분의 생애와 인간적인 면모에 대해 집중적인 보도를 하면서는 소탈하고 꾸밈없는 성품과 인간적인 행보가 알려지면서 교황님의 인기가 높아졌다.

2014년 교황님이 한국에 오시게 되면서 우리나라에서 그분에 대한 관심이 더욱 높아졌고 다투어 교황님에 대한 책들이 만들어지고 있을 때 나에게도 행운이 찾아왔다. 이태석 신부님 『당신의 이름은 사랑』이라는 책을 펴낸 출판사에서 나에게 교황님 방한에 맞춰 책을 내자는 제의가 들어왔다.

당시 교황님의 어록, 대담집 등의 수많은 책들이 쏟아져 나오고 있었으므로 나는 교황님의 생애를 어린이 소설로 써보려는 마음을 갖고 많은 자료를 구해 읽다가 프란치스코 교황님의 할머니 로사 베르골리오 부인에 대해 알게 되었고 베르골리오 신부가 교황님이 될 수 있었던 데에는 로사 할머니의 영향력이 컸음을 알게 되었다. 그 점을 증명해주는 것으로 교황님은 자신이 사제서품을 받게 되었을 때, 로사 할머니가 준 편지를 언제나 몸에 지니고 있고 여행을 할 때도 그 편지만은 꼭 갖고 다닌다는 것을 알게 되었다.

그런 이유로 나는 프란치스코 교황님의 소설 첫 부분을 로사 할머니가 가족을 데리고 이탈리아에서 아르헨티나로 이민해오는 장면 즉 아르헨티나의 부에노스 아이레스 항구에 도착하는 모습을 그렸다. 전 재산을 팔아 바꾼 보석을 털 코트 안에 꿰매 입었기에 더운 나라에 도착했어도 벗을 수 없는 그 모피 코트를 입고 당당하게 배에서 내리는 로사 할머니의 모습을 첫 장면으로 쓴 것은 지금 생각해도 멋진 설정이었다.

할머니의 따뜻하고 무한한 사랑을 받고 자란 손주는 사랑이 넘치는 어른이 된다. 그 할머니가 지혜롭고 믿음이 신실하시면 손주는 자신의 꿈을 이룰 수 있는 힘을 이미 간직하고 자라게 된다.

다락방 식구들은 내가 교황님의 소설을 쓰는 동안 참으로 열심히 기도해주었다. 어쩌면 나의 부족으로 끝맺지 못할 수도 있던 소설을 잘 마무리 할 수 있었던 것은 다락방 식구들의 기도의 힘이었다고 생각한다. 막혀서 절절 매고 있으면 기도 식구들은 영적으로는 생미사를 해주고, 육신의 힘이 나도록 곰국을 끓여다 주기도 했다.

당시 외손자 정훈이를 얻어 행복한 외할머니가 된 도 베로니카의 관심은 잊을 수 없다. 나는 베로니카에게 교황님의 소설을 읽어 봐 달라고 부탁했는데 정말 정성들여 꼼꼼하게 읽어주었다. 나는 고맙고 감동하여 이렇게 물었다.

"베로니카님, 남의 일을 어떻게 그리도 정성껏 최선을 다하세요?"

"저한테 왔으면 제 일이지요."

그 말을 들은 순간 '주님이 함께 하셨구나' 마음이 울컥했다.

그 후 내가 게을러지거나 마음이 흐트러졌을 때, 그 말을 떠올리면서 부끄러운 나를 채찍질 하는 도구로 쓰고 있다.

또 베로니카는 마지막 단계로 두 명의 초등학생이 있는 지인의 집으로 가서 그들에게 그 글을 읽게 했다. 그런 후 나에게 전화를 해주었다.

"작가님, 그 애들이 서너 시간 만에 그 소설을 다 읽었는데, 지루하지 않다고 해요. 책이 좋을 거예요."

"아니, 어떻게 아이들을 책상 앞에 있게 하셨어요?"

베로니카는 웃으면서 맛있는 과자와 빵이 그들을 잡아주기도 했겠지만 글도 재미있어요. 나에게 용기와 격려를 아끼지 않았다.

이런 과정을 거쳐 어린이 소설 『슈퍼 교황』이 출간되었다. 베로니카님의 격려의 말이 예언이 되어 어린이들에게 많은 관심과 사랑을 받았다.

또 잊을 수 없는 일은 이귀임 막달레나가 끊임없는 기도로 유일한 외손자가 신학교에 입학한 일이다. 막달레나는 슬하에 세 딸을 두어 외손녀 다섯에 외손자 한 명을 둔 외할머니인데 손자가 신부가 되는 소망을 키우고 있었다. 다락방기도 중에 외손자를 위한 기도를 멈추지 않았었다.

막달레나의 손자가 프란치스코 교황님처럼 훌륭한 신부가 되기를 희망한다. 할머니의 힘, 그리고 우리 다락방기도 식구들이 끊임없이 기도하고 있기 때문이다.

나를
알고 싶습니다

"오늘도 이 순례의 길을 걸으며 하느님께 의탁합니다.

당신 아들 예수님의 발자취를 따르는 우리를 이끌어주소서."

우리나라에는 순교하여 성인품에 오른 분이 103분이 있고, 복자 품에 오른 순교자도 124 분이 있다. 수많은 순교자의 힘으로 인구 5천3백만 명에 가톨릭 신자가 5백80만 명이다. 누구나 모두 제 목숨이 제일 소중한데 극악의 고문으로 고통을 당하면서도 목숨을 바치는 그 힘은 어디에서 나오는 것일까? 한국의 성지를 순례하고 다락방기도를 하면서 점점 감동과 감사를 많이 하고 산다. 하지만 순교자 그분들의 죽음은 아직도 잘 이해할 수 없다.

특히 어린 나이에 죽어간 이들, 믿지 않겠다는 말 한 마디만 하면

참수를 면할 텐데도 그들은 그것을 거부하고 죽는 고통을 견디면서 당당히 죽음을 선택했다. 나는 너무 안타까운 생각에 혼잣말로

"그냥 믿지 않겠다고 말하고 죽음을 면한 후 더 잘 믿으면 좋지 않았을까?"라는...

곁에서 있던 분이 이 말을 듣고는

"아이고, 세실리아 자매님, 머리칼도 헤아리신다는 것을 아는 믿음이 있는 그분들이 그렇게 할 수 있겠어요. 그런 분들에게는 배교하는 일이 죽음보다 더 괴로운 것을 알기에 떳떳하게 죽음을 택하는 것이지요."

머리로는 순교를 이해한다며, 가슴으로는 여전히 이해하지 못하기에 이율배반적인 생각을 가지고 있는 나였다.

다락방 식구들은 우리나라뿐만 아니라 해외 성지순례를 많이 다닌다. 요즘도 기회만 있으면 성지 순례길에 나선다. 그들이 활동하고 있는 교회 신심단체나 봉사단체로 레지오, 연령회, 성모회, 안나회 등에서 성지 순례를 가게 되면 빠지지 않고 언제든 따라 나선다. 그렇게 시간과 발품을 많이 팔아선지 견고하고 굳센 믿음으로 아주 기쁘고 행복하게 노후를 살아가는 것이다.

나도 형편에 맞게 다락방기도 모임뿐 아니라 국내 성지 순례도 다닌다. 순례길에 떠나기 전에는 내가 경험하고 싶은 것을 정하는 습관이 있는데, 나는 나를 알고 싶었다. 내가 뭘 원하는지 알아야 ,내가 상대를 위해 뭘 포기해야 할지 알 수 있는 것 같다.

지금은 순교하는 믿음, 하느님 사랑을 조금씩 이해하게 되었다.

그런 어느 날 기도를 끝내고 다과 시간에 우리는 순교정신에 대하여 이야기 나누게 되었다.

"시대가 영웅을 만들잖아요, 나라를 잃었기에 독립투사가 생길 수 있듯이, 이 시대는 가톨릭 신자라고 박해하지 않으니, 순교할 수 있는 기회도 없고... 참 좋은 시절의 한계 아닐까요?"

내 말에 막달레나가 답했다.

"여보, 꼭 죽는 것만 순교하는 게 아니지. 요즘 순교는 잘 믿으면서 희생, 헌신으로 주변에 도움을 주는 일을 하는 것이야."

참 명쾌하다는 생각이 들면서,

"그럼 저만 빼고 여기 다락방 식구들은 날마다 순교하고 계신 거네요?"

"에구, 그렇지는 않지만 늘 깨어 있어서 순교할 준비는 되어 있는 셈이지."

임마꿀라따가 말해서 우리는 모두 고개를 끄떡였고 우리는 나가사끼 성지순례 다녀온 이야기에 꽃을 피웠다.

참수장으로 끌려 가는 길에서도

'주님의 집으로 갈 때 나는 무척 기뻤노라.'

시편에 있는 성경구절을 말하면서 기쁘게 순교했다는 수녀님의 설명을 들으면서 순례길에 있던 이들은 눈물을 흘렸다고 했다.

'11월 위령성월' 죽음에 대한 묵상을 많이 한다.

다락방 식구 중에서도 벌써 죽은 이들이 생겨 올해 11월에는 함일석 이레네의 위령을 위한 기도를 하게 될 것이다. 그렇게 별안간 우리 곁을 떠난 이레네처럼 하늘나라에 가는 사람들이 많아졌다.

"이제 내 차례야"

이레네를 김포 추모동산에 묻고 돌아오는 길에 막달레나가 말했고 그 말에 우리는 모두 고개를 끄떡였다.

죽음에는 순서가 없다. 그렇다. 방금 죽은 이 다음에 서 있는 사람은 바로 나다.

어떤 죽음을 맞이하든 "주님의 집으로 갈 때 나는 무척 기뻤노라"라고 말할 수 있게 되면 참 행복할 것이라는 생각을 하게 되었다.

좋은 일들을 많이 많이 만들어 좋은 추억으로 기억하자.

비가 내리는 봄이면 꽃잎이 젖어서 좋고 , 깊어지는 가을이면 차가운 바람으로 단풍잎들이 흔들려서 좋고, 이대로 이대로 눈 내리는 겨울도 잘 맞이하자.

성령

아직도 나를 고민하게 하는 것이 많지만 그중에 "성령"의 문제는 여태껏 나를 갈등하게 한다. 다락방기도 모임을 한 후에 성령을 화두로 놓게 되었다.

다락방기도 식구 대부분은 성령의 은혜를 받아 기도를 할 때는 뜨거워지면서 '방언'기도를

잘한다.

"랄랄랄라..... 쏴쏴쏴... 날날라라... "

처음에는 그런 소리가 생소할 뿐만 아니라 꼭 그런 소리를 내면서 기도해야 하나 하는 의구심이 들면서 유별나다는 생각이 들고 우습기도 하고 솔직하게는 싫었다.

그랬던 내가 슬며시 호기심이 생기기 시작하면서 왠지 성령 기도를

못하는 나를 숨기고 싶었다. 마침내 성령을 모르면 앙꼬 없는 찐빵처럼 밋밋한 신앙생활일 듯해 성령세미나를 받아야겠다고 마음먹었다. 나는 다락방기도 모임에서 성령의 은사를 어떻게 하면 받게 되는지요? 물었을 때 막달레나는 성령세미나를 받으면 좋다고 했고 다른 식구들도 세미나에서 은사를 받았다는 말을 했다.

그해 2015년 여름에 통진 성당에서 성령세미나가 있어 신청을 했다.

성령세미나는 한 주에 하루, 7주간 진행되었다. 세미나는 열 명으로 소그룹을 지어 공부하기 전에 모두 모여 성가를 부르고 성령 지도자의 간증을 듣는 시간이 있다. 두 팔을 들고 큰 소리로 성가를 부르는 기도 분위기가 아주 혼란스러웠다.

그런데 모두들 환한 얼굴이 되어 두 팔을 흔들면서 박수를 치고 성가를 부르는데 나는 두 팔을 올리는 동작부터가 쑥스럽고 어색해서 팔을 들 수가 없었다.

함께 세미나에 참석한 내 옆자리의 바울라가 두 손을 들라고 눈짓을 주면서 말했다.

내가 머쓱한 얼굴을 하자

"세실리아 술 취하면 몸 흔들면서 노래도 부르잖아요. 이곳 기도 분위기에 취해보라니까."

그 말이 이해는 되었지만, 성령이 오지도 않았는데 억지로 그렇게 하는 게 내키지는 않았다.

마음에 있던 죄를 고백하고 열심히 따라서 혀를 굴려보았지만 처음

참가한 성령 세미나에서 성령의 은사는 받지 못했다. 그 후에도 실천을 해야 하는 것이 좋다고 해서 2박 3일 서울 삼성산 기도원에 원정기도를 갔다. 방언 기도는 도통 할 수가 없고, 아마도 마음에 때가 많이 끼었거나 대전교구 곽신부님 말씀대로 영혼이 자꾸 외출을 하는 것인지.. 난 지금도 성령을 갈망하고 있다.

그러면서 이런 의구심이 든다.

성부와 성자와 성령이 결국에는 하나라면 나는 하느님과 주님을 진심으로 믿고 따르고 성부와 성자와 성령을 한 몸에 담고 있는 성모 어머니를 무작정 따르면서 흠숭하는데 성령이 오지 않는 것은 무슨 조화일까?

그러다가 이런 생각이 들었다.

"믿음, 소망, 사랑"모두가 어우러져서 참 신앙인이 되면 어떤 경지에 가게 될까를 생각해보다가 그 경지는 바로 평화라는 생각이 들었다.

어떤 일을 당해도 마음에 흔들림이 없고 그럼에도 감사할 줄 알고, 살면서 자신에게 손해를 끼친 사람을 용서하고 내 이익보다 남을 더 챙길 수 있는 마음이 있다면 그것이 성령이 임한 것이 아닐까?

꼭 방언기도를 하지 않아도 말이다.

이웃사촌 화가 조 마리아와 가끔씩 만나는데 그녀의 얼굴에는 언제나 미소가 가득해서 행복해 보인다.

"늘 행복해 보이셔요? 참 부러워요."

내가 인사말을 하니

"버리고 비웠더니 세상이 크게 잘 보여요."

"그래요?"

"어제보다 오늘이 더 행복하고 오늘보다 내일은 더 좋을 것이라는 기대가 있어서 늘 감사기도가 나와요."

조 마리아에게 항상 성령이 임해있다는 생각이 들었다.

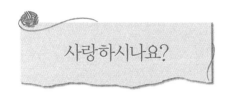

사랑하시나요?

가끔씩 비유나 넌센스 퀴즈로 강론의 포문을 여는 베드로 신부님이 사순 1주간 수요 미사에서 이렇게 말씀을 시작했다.

찬미 예수님!

강론을 시작하기 전에 작은 이야기 하나 들려 드리겠습니다. 에덴동산에 아담과 하와가 같이 잔디 위에 누워 있다가 하와가 아담에게 이렇게 물어봤습니다. "자기, 나 사랑해?" 이 말에 아담은 "그럼 사랑하지." 하고 답을 했습니다. 잠시 후 하와는 또 물어봤습니다. "자기, 나 정말 사랑해?" 이 말에 살짝 짜증이 난 아담은 "응, 사랑해"라고 답을 했습니다. 그 말을 듣고 흐뭇한 하와는 조금 있다가 또 물어봤습니다. "자기,

나 진짜 사랑해?" 이 질문을 들은 아담은 한숨을 내쉬고 이렇게 답을 했습니다. "여기, 에덴동산에 너 말고 누가 또 있어"

우리 다락방 식구들은 그날 오후 2시, 기도모임 후에 이 문제를 가지고 토론하게 되었다.

나는 주님께 나를 사랑하느냐고 물은 기억이 없다.

"주님 정말 저를 사랑하세요? "

라는 질문을 던졌다.

"그렇게 묻기보다 주님이 정말 나를 아끼신다는 생각은 해요."

임마꿀라따의 말에.

"나도 그래요, 성모 어머님이 나를 끔찍이도 예뻐하신다는 생각이 들 때가 있어 감사기도를 하게 돼요."

경수자 데레사가 말을 받았다.

다락방 식구들은 대부분 주님의 사랑, 어머니의 보살핌을 느낀다는 체험을 많이하고 나 역시 그런 때가 있었다.

"오늘 신부님 강론 말씀대로 우리의 마음이 소란해서 주님의 목소리를 듣지 못하고 사는 거라고 하셨는데 .. 그런 목소리를 듣는 것도 좋지만, 우리들 자신이 주님을 얼마나 사랑하고 있는지를 자신에게 질문해 보는 것은 어떨까? 애기 엄마들 안 그래요?"

막달레나의 말에 우리는 순간 숙연해졌다.

그랬다. 신앙생활을 몇십 년을 하고 있는 신자가 때마다 보채듯이 우리를 사랑하느냐고 물어본다면 이직도 기저귀 신세를 면하지 못한 것이나 마찬가지일 것이다.

신부님의 녹음 강론을 또다시 듣는다.

그런데 요즘 제 마음을 들여다보니, 주님은 늘 나에게 사랑한다 하시는데, 그 소리를 듣지 못한 이유가 따로 있었습니다. 그것은 내 마음이 나로 인해 너무 소란스러워 주님의 소리를 듣지 못한 것이었습니다. 그래서 기도하며 마음의 볼륨을 낮췄습니다. 나로 인해 시끄러운 소리를 줄이니, 놀라운 일이 생겼습니다. 주님이 하시는 소리 "용현아, 나는 너를 사랑한단다." 하는 말씀이 들리는 것이었습니다.

사랑하는 교우 여러분!

매일 기도해도 응답이 없는 것 같고, 매일 미사를 봉헌해도 답답함이 계속된다면 각자의 마음을 한번 들여다보셨으면 좋겠습니다. 그렇다면 어떤 것들이 나의 마음을 소란스럽게 하는지, 그런 소음들로 인하여 주님의 음성을 듣지 못하는 내 자신이 보일 것입니다. 오늘 미사를 봉헌하며 소란스러운 내 마음을 한번 바라보십시오. 바라보셨다면 마음의 볼륨을 낮추십시오. 내 마음의 소리는 낮추고, 주님의 목소리에 귀를 기울이는 것이 회개의 시작이며 은총의 시작이 될 것입니다. 회개를 통해 우리의 마음이 주님께 향한다면 주님께서는 우리를 향해 이렇게 말씀해주실 것입니다.

'두려워하지 말고, 힘과 용기를 내어라, 사랑한다!"

녹음을 다 듣고 난후에 그 짧은 시간 동안에 인생의 구심점이 정말 소중하다는 것을 실감하게 되었다.

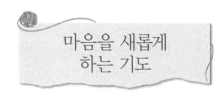

마음을 새롭게 하는 기도

다락방기도모임을 시작했을 무렵에는 나에게 낯선 것들이 참으로 많았다. 사람이 아는 것만큼 보이고 이해할 수 있어서인지 이해가 되지 않는 것이 많아 믿는 척하면서도 속으로는 믿지 않는 일들이 많았다.

그런 일들 중 하나가 '기도'에 관한 문제였다.

"그럼 기도해야지, 기도하면 된다니까."

막달레나를 비롯해 다른 기도식구들도 대부분 그런 말들을 하는데 실상 나는 기도의 효험에 대해 알지 못했으므로 기도가 만병통치약으로 생각하는 건 잘못된 신앙이 아닐까, 하는 회의가 들었었다.

그때까지 나는 '기도는 자기에게 주어진 일을 열심히 하는 것'이라는 생각이 크게 작용하고 있었다. 그래서 "기도하세요."라는 말을 들으면 "그 시간에 밀린 숙제를 하는 게 저에게는 기도랍니다."라는 마음으로 독촉 받는 글을 쓰고는 마치 "기도 다 했음", 이라고 여겼었다.

그래서인지 꼭 기도가 필요해진 절박한 일 앞에서도 내 자신이 기도할 생각은 하지 않고 남에게 의지하면서 나의 기도를 부탁하기도 했었다.

나는 예전에 정말 힘든 일이 생기면 지금은 하늘나라에 가 계신 가시미로 신부님을 찾아가 자초지종을 말하고 기도를 부탁드리곤 했었다. 신부님께 기도를 부탁드리고 나면 꼭 그 일이 해결되었기 때문이다.

나는 조순창 가시미로 신부님께 세례를 받았고 신부님은 나의 드라마 팬이었다. 신부님의 환갑문집 "말더듬이의 사랑 이야기"를 정리해드린 인연으로 당시 나를 잘 알고 계신 유일한 분이셨으므로 무슨 일만 생기면 쪼르르 찾아갔던 것이다.

가시미로 신부님은 당신 이름처럼 "가시미론 이불같이 따뜻한 신부님"이셨는데 내가 기도를 부탁하면 들어 주시면서도,

"기도는 자신이 해야지, 맨날 날더러 해달라고 하누?"

"하느님이 신부님 기도는 꼭 들어주시잖아요, 하느님도 사람을 차별하시는지 제 기도는 영 신통치가 않던데요."라면서 신부님 '기도 힘은 백발백중이라고 너스레를 떨기도 했었다.

그렇게 기도 구걸을 하고 살면서도 스스로 진지하게 기도하지 않은 것은 내가 직접 기도의 체험을 가지고 있지 못해서였다.

진지하게 성경을 읽지 않고 무릎 꿇고 기도해보지 않았으므로 기도의 힘을 믿지 못했으니 나는 무늬만 신자인 셈이었는데 다락방기도모

임을 하면서 기도의 힘을 알게 되었다.

나는 어느 때부터인가 힘든 일이 생기면 성모님 앞에서 촛불을 켜 놓고 기도하게 되었다. 그러면 지혜가 생기면서 꼬였던 매듭들에 해결 방법이 생각나 일이 잘 풀리곤 했는데 그것은 남에게 들은 예수님이 아니라 다락방기도를 하면서 자신이 체험한 예수님, 성모님의 삶을 알게 되었기 때문이다.

정말 사람은 자기가 성실하게 노력하는 만큼 알게 되어 있다.

다락방기도 모임을 하기 전에는 나는 예수님, 성모님의 사랑이 얼마나 큰지 알지 못했다. 다른 기도 식구들은 이미 신앙생활을 하면서 그 사랑을 알았으므로 기도할 줄을 알았다.

우리 다락방 식구들은 정말 기도할 줄을 아는 신자들이다.

그래서 그들은 하늘나라에 기도통장을 갖게 되고 늘 깨어 기도하면서 기쁨 속에서 감사생활을 하고 있는 것이다.

요즘 우리는 끄떡하면 기도타령이다.

하다못해 버스가 생각보다 오지 않아 마음이 급해지면 "기도하자." 라고 말하면서 기다리면 기다리는 시간이 지루하지 않을뿐더러 기도가 꼭 이루어지기 때문이다. 왜냐하면 버스는 꼭 오게 되어 있으니까.

아프리카의 어느 나라 사람들 기도는 백발백중이라고 한다. 왜냐하면 그들은 비를 내려주시라는 기도를 시작하면 비가 올 때까지 기도하기 때문이다.

"주님 저희의 기도를 들어주셔서 감사합니다. 아멘!"

거룩한 떡

어느 일요일이었다.

그날 유난히 미사가 참 달콤하다는 생각이 들어 막달레나에게

"요즘은 왜 이렇게 미사가 맛있는지 모르겠어요."

라고 말했더니

"세실리아가 이제 무르익었네."

라고 말해주면서 내 어깨를 툭 쳐주면서 싱긋 웃어주었다.

그리고 자신의 이야기를 해주었다.

막달레나는 사십이 넘어서 오랜 냉담을 풀고 성당에 다시 나갈 초창기만 해도 온갖 일들이 의심투성이고 특히 영성체는 왜 그토록 이나 거룩하게 모시는지 이해하지 못했었다고 한다. 그리고 미사에 참례한지 얼마 되지 않아 자신이 감당할 수 없는 고통이 찾아왔을 때, 십

자고상을 바라보면서

"주님, 이 맛없는 밀떡 하나가 예수님 몸이라구요? 이걸 절더러 믿으라구요?..."

하면서 대답 좀 해주시라고 예수님 귀에다 쏘아 대든 적도 있었다고 했다.

어느 날은 중요한 문제가 해결되지 않아 한밤중에 성당에 찾아가 십자고상을 바라보면서 기도하던 중에 피를 흘리고 계신 예수님을 보게 되면서

"주님이 나를 위해 십자가 위에서 돌아가셨네"

하는 생각이 들면서 눈물이 철철 흘러내렸다고 했다.

"그런 체험을 하고 나니 영성체를 모시는 게 얼마나 거룩한 일인지를 알게 되었어. 우리는 주일마다 다시 태어나는 듯 거룩해지는건데, 미사참례를 하지 않으면 이 맛을 모르는 거야."

우리 다락방 식구들은 이 미사의 참 맛을 아는 사람들이다. 특히 임마꿀라따는 거의 매일미사에 참례하고 있으니 영성체의 참 맛을 아는 행복한 신자이다.

우리가 영성체를 모시는 것으로 밀떡을 먹는 일은 어떤 의미일까?

나는 주임 신부님의 영성체에 관한 강론을 들으면서 "먹는다."라는 의미는 넓게 입으로만 먹는게 아니라 귀와 눈으로도 먹는다는 일이 포함된다는 것을 알게 되었다.

루카복음 24장 35절부터 48장에 이르는 성경 말씀을 보면 예수님이 귀와 눈과 입으로 먹는 일에 대한 말씀을 해주신다.

예수님은 제자들에게 귀로 먹은 '평화가 너희와 함께'라는 말을 상기시켜 주시고, 눈으로는 "내 손과 내 발을 보아라, 바로 나다, 나를 만져 보아라, 유령은 살과 뼈가 없지만 나는 너희가 보다시피 살과 뼈가 있다." 말씀하심으로서 눈으로 먹게 해주시고, "여기에 먹을 것이 좀 있느냐?" 하시면서 제자들과 함께 빵을 드심으로 입으로 먹는 의미를 심어주심으로 제자들에게 귀와 눈과 입으로 먹었던 기억을 떠오르게 해서 마음을 열게 해주셨다.

어쩌면 내가 미사가 맛있다는 생각이 들은 것은 자신이 조금이나마 예수님의 사랑을 깨닫기 시작해서일 것이다.

한 주 한 주를 살아가면서 우리는 힘들고 괴로운 순간을 만나게 된다. 나를 넘어뜨리고, 나를 죄절시키며 힘들게 하지만 주일 미사를 드리고 영성체를 모시면서 다시 힘을 얻게 된다.

샤워를 해도 몸이 가뿐해지는데 일요일에 몸과 영혼이 씻어지면서 새 생명을 얻게 되는 미사가 주어진 것은 얼마나 큰 선물인가.

셋

믿음,
생각보다
어렵다

사랑, 보기보다 어렵다

사랑의 시작은 관심입니다. 여기 서른 두 살의 나이에 수혈을 받다가 에이즈에 걸린 한 환자의 시가 있습니다. 우연히 알게 된 이 환자의 시 한 편이 오래도록 내 기억에서 떠날 줄을 모릅니다.

내가 원하는 것은 함께 잠을 잘 사람
내 발을 따뜻하게 해주고 내가 아직 살아 있음을 알게 해 줄 사람
내가 읽어 주는 시와 짧은 글들을 들어줄 사람
내 숨결을 냄새 맡고 내게 이야기해 줄 사람
내가 원하는 것은 함께 잠을 잘 사람
나를 두 팔로 껴안고 이불을 잡아당겨 줄 사람
등을 문질러주고 얼굴에 입 맞춰 줄 사람
잘 자라는 인사와 잘 잤느냐는 인사를 나눌 사람
아침에 내 꿈에 대해서 묻고 자신의 꿈에 대해 말해줄 사람
내 이마를 만지고 내 다리를 휘감아 줄 사람
편안한 잠 끝에 나를 깨워줄 사람

내가 원하는 것은 오직 사람

그는 정직한 사람입니다. 이토록 관심을 받고 싶다는 것을 돌려 말하지 않
고 너무나 일상적언 언어로 표현할 줄 아는 사람이기 때문입니다.
관심은 사랑을 채우고, 사랑은 마음을 채웁니다.

하양인 편집부

신앙생활

사람이 걸음을 앞으로 내딛지 않으면, 멈추어 서게 됩니다.
반석 위에 집을 짓지 않으면 어떤 일이 생길까요?
해변에서 어린이들이 쌓은 모래성은 잠시 후 어떻게 될까요?
어떤 일이든 본질이 사라지면
그것은 삽시간에 무너져내리고 말지요.

〈교황 프란치스코 어록303〉

믿음은
희망

집에 손님이 방문한다는 소식을 접할 때가 종종 있었다. 어려운 경우도 있지만, 요즈음은 좋은 일이 더 많은 것 같다.

우선 귀찮더라도 청소를 하게 되어 집안이 깨끗해지는데다, 오시는 손님이 반가운 사람이라면 까치가 울어주니 마음이 즐겁고 행복해진다.

요즘 나에게 수요일이 그렇다.

나는 천성이 게으른데다 집안일은 젬병이어서 청소, 정리, 반찬 만드는 일 등등 잘하는 게 거의 없다. 그래도 수요일은 구석구석 쓸고 닦으며 냉장고 안도 살피고 날씨가 굳거나 비라도 올라치면 김치전이라도 부칠 준비를 한다.

다락방기도 초창기에는 이런 일련의 일들이 귀찮아서 도망치고 싶고 꼭 우리 집에서 해야 하나 회의가 들면서 돌아가면서 하면 어떻겠느냐고 묻고 싶어 안달이 나기도 했었다.

이제는 다른 집에서도 해야 한다는 말이 나오면 어쩌나 염려하는 마음이 들면서 다락방기도 모임이 나의 고유 특권인 양 은근히 텃세까지 하려 드는 걸 보면 사람은 참 마음먹기에 따라 손바닥 뒤집듯이 상황이 바뀌어 버린다.

신앙도 마찬가지 인 듯하다. 제대로 알지도 못하고 믿지도 못하던 초창기에는 주님을 향해 묻고 싶은 게 많고 따져보기도 하고 하다못해 신부님 강론이 마땅치 않아서, 또는 어떤 신자가 싫어서, 미사에 참례하고 싶지 않다는 생각으로 머릿속은 도깨비 운동장이었다.

이런 일련의 일들이 나 자신의 부족한 신앙심이라는 걸 모르는 채, 남의 허점만 보고 주변의 마땅치 않은 일들 때문에 이유와 핑계가 많아져 마음이 산란하다.

나를 제외하고 다락방기도 식구들은 주일미사뿐 아니라 거의 매일 미사를 다니고 "주님 일로 저는 기뻐 뛰나이다." 시편의 말처럼 정말 기쁘게 살고 있다.

정말 참 신앙인들인 것이다.

그나마도 나는 수요일 기도 모임 덕분에 귀와 눈이 조금씩 열리는 듯.. 언제부터인가 나는 "미사가 참 맛있어졌어요. 이렇게 좋은 시간을 선물 받는데 사람들이 왜 냉담을 하는지 안타깝네요."

라면서 개구리가 올챙이 적 생각 못하는 말도 하게 되었다.

다락방 식구들은 나의 믿음의 스승들이다. 특히 영적으로 성숙한 막달레나의 말은 믿음이 튼실한 신자가 아니고는 할 수 없는 말들로 툭툭 던지는 바람에 수요일이면 나는 노트를 꼭 옆에 놓고 메모를 했다.

"애기 엄마들, 보험 따로 들 필요 없어. 주님이름의 통장에 기도로 저축 많이 하면 천국 티켓은 따놓은 당상이니 지금부터라도 열심히 저축 합시다."

"잔치 집에는 가지 않아도 초상집에는 꼭 갑시다."

"하느님 알고는 두려움이 없어졌다."

"내가 자랑할 것은 예수님밖에 없다."

'죄는 용서받지만 벌은 받아야 한다."

"뿌린 씨는 꼭 난다. 6·25때 기차처럼 주변 사람들에게 구원열차를 태워야 하니 부지런히 전도를 하자구요."

"믿음은 희망이다!"

....

그동안 수많은 막달레나의 말에서 내 귀를 번쩍 뜨이게 한 말은 '믿음은 희망이다.'라는 말이었다.

나는 예전에도 그랬고 고막리에 이사 와서는 더더욱 근심 걱정을 달고 살았었다.

'가난, 불안, 초조, 죄의식, 술, 담배....'이런 것들을 끼고 살면서 땅이 꺼져라 한숨을 쉬곤 했었다.

다락방기도 모임 6년 차를 맞고 있는 지금은 그런 것들을 다 벗어 던졌다.

하늘을 나는 새도 다 먹여 살리는 주님이 나를 굶겨 죽게 하지는 않을 것이라는 확신이 생겼고, 주님이나 성모 어머니가 내 어깨 위에 살며시 내려와 앉아 계시다는 생각이 들기 때문이다. 큰 것은 모르겠는데 작은 소망들은 꼭 들어주신다.

그런 경우를 일일이 다 말할 수는 없지만 참 신통하게도 마음에 둔 일을 이루게 해주시는 걸 보면서 놀라고 옷깃을 여미게 된다.

예전에도 그랬지만 지금은 더욱 무엇을 달라는 기도는 하지 않는다.

다 알아서 해주시는 그분께 달라는 투정을 부려서는 안 된다는 체면이 생겼다. 우리는 주님을 따르며 그분의 영광을 드러낼 수 있게 해달라는 기도를 하면 된다는 믿음은 생긴 것이다.

어제보다 오늘, 그리고 내일은 더 좋은 일이 생기리라는 희망이 있는데 더 무슨 소원을 말할 수 있을 것인가?

이제부터는 다락방 식구들처럼, 착한 딸이 되어서 오늘도 내 기쁨은 당신 뜻을 따르리라 다짐한다.

주님과 함께 생각하고 주님과 함께 행동하게 하시며, 저희 모두 주님의 눈으로 보고 주님의 마음으로 사랑하게 하소서.

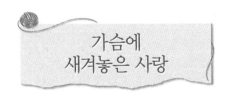

가슴에
새겨놓은 사랑

막달레나는 성경을 줄줄이 꿰고 있다.

처음부터 작정하고 성경을 체계적으로 읽거나 성경 필사를 한 적이 없다고 하는데 어떻게 그리도 줄줄이 외우고 있느냐고 물으니 자신도 잘 모르겠다면서,

"발품을 많이 팔아서 그런가?"

라고 말하는 것이었다.

마흔이 넘어 다시 믿게 되면서 막달레나는 미사는 거의 매일 다니고 성령세미나, 피정 등 기도모임이 있는 곳에는 열심히 쫓아다녔다는 것이었다. 그러다보니 저절로 말씀이 귀로 쏙쏙 들어오더니 마침내 마음에 들어와 딱 자리를 잡았다고 했다.

세상 이치가 다 그렇듯이 주님 말씀도 예외가 아니어서 한 만큼 받

는다는 것을 알게 된 것인데 다락방 다른 식구들도 마찬가지였다.

특히 마음에 새겨진 성경구절, 즉 가슴에 닿아 자신의 좌우명처럼 된 말씀은 자신이 고통 속에서, 혹은 살아오면서 절절이 아로 새겨진 것이어서 말씀의 이치를 깨닫게 되면서 힘들 때나 기쁠 때나 자신을 위로해주고 응원해준다고 했다.

김경선 수산나는 "나다, 두려워하지 마라"라는 말이 자신을 응원해 주는 말씀이라고 하는데, 부군 시몬선생이 하늘나라에 가신 후에도 그 말씀에 의지하며 슬픔을 이겨내고 묵상공부를 하게 되었다고 했다.

경수자 데레사는 로마서 12장 9절에서 21절 까지의 말씀을 좋아한다는데, "사랑은 거짓이 없어야 합니다. 여러분은 악을 혐오하고 선을 꼭 붙드십시오, 형제애로 서로 깊이 아끼고 서로 존경하는 일에 먼저 나서십시오..."라는 말씀을 떠올리면 가족 간, 주변 사람들과의 갈등이 해결된다고 했다.

남궁정순 데레사는 마태복음 7장 7절에서 11절까지의 말씀 "청하여라, 찾아라, 문을 두드려라..."에서 고통 속에 있었던 자신의 문제를 해결할 수 있었다고 했다. 엄마에게는 자식의 문제가 제일 큰 숙제인데 사람의 힘으로는 풀 수 없었던 문제를 그 성경구절대로 매달리면서 기도하니 어느 순간에 매듭에서 풀려났다고 했다.

내 경우는 구약의 모세 오경을 필사하면서 성경책을 편하게 읽고 묵상하는 은혜를 받았다.

이렇듯 말씀도 시간과 마음을 바치지 않으면 '살이요, 피'가 되지 않는다.

막달레나는 자주 아브라함이 라자로를 안고 부자에게 말한 대목을 즐겨 인용한다.

":너는 살아 있는 동안 온갖 복을 다 누렸지만 라자로는 불행이란 불행은 다 겪지 않았느냐? 그래서 그는 지금 여기에서 위안을 받고 너는 거기에서 고통받고 있는 것이다. 또한 너희에게 건너가려고 해도 가지 못하고 거기에서 우리에게 건너오지도 못한다...."

나는 이 말씀에서 큰 위로를 받았다.

그건 시어머니 정운귀 안나의 영혼이 하늘나라에서는 편하게 계시리라는 믿음이 생긴 것이다. 평생 가족을 위해 일만 하시고 발을 펴고 주무시지 못했던 시어머니에게 지은 나의 잘못에 대한 죄의식이 털어진 것은 아니지만 마음의 위안은 되었다.

이 세상에서 힘겹게 살고 있는 분들에게는 이 말씀을 드리고 싶다.

"너무 슬퍼하지 마세요, 하늘나라에서는 제일 윗자리에 앉아 계실 테니까요."

그리고 이렇게 나를 위한 기도를 했다.

오! 하느님
내 영혼을 명부에서 건져 주셨으니, 절대로 흔들림이 없으리라
저로 하여금 더 좋은 신앙인이 되게 해 주십시오
한평생 주님을 찬미합니다.

사랑받은
죄인

잘못하는 것과 죄를 짓는 일이 비슷한 것 같으면서도 엄연히 다르다.

잘못한다는 것에는 애초에 악의가 없이 행해지는 것에 비해 죄를 짓는 일에는 범죄의 냄새가 풍겨나기도 하기 때문이다.

나는 잘못은 수시로 하고 살았고, 나 자신이 도저히 용서가 되지 않는 '죄'를 지어 지금까지도 가슴앓이를 하고 있다.

그런데 프란치스코 교황님 이야기를 쓰기 위해 그분의 책, 대담집, 어록을 읽다가 '죄인'에 대한 말씀이 있어 얼른 읽게 되었다.

'죄인-스스로 자신을 죄인으로 느껴본 적이 있습니까? 그렇게 느껴본 적이 있다면, 바로 그것은 진정한 화해를 유도합니다. 그것은 한 개인에게서 생길 수 있는 가장 아름다운 일 중의 하나입니다.'

그 말씀은 나에게 어떤 면죄부랄까, 속죄할 수 있다는 희망을 주었다.

그동안 수없는 고해성사를 보고 성령세미나에 참석하면서 죄의식을 어떻게 해결할 수 있을까 고민했었지만 이 말씀처럼 나를 환한 빛으로 다가온 적은 없었다.

고해성사를 보고 때로는 신부님과 신앙 상담을 하면

"자매님, 이미 용서를 받은 것입니다. 너무 괴로워서 현재의 삶을 올바르게 살 수 없다면 그것이 또 죄가 될 수 있습니다."

대체적으로 이런 말을 들어도 크게 위로가 되지 않았다. 스스로 "그래, 용서를 받았다 치자. 그럼에도 스스로 용서가 되지 않고 여전히 괴롭다면 이건 용서받은 게 아니지 않을까?" 하는 생각이 들어서 나는 변함없이 죄인으로서 고통스러웠던 것이다.

그러다가 '용서는 받았는데, 아직 벌이 끝나지 않은 것이다. 그러니 달게 벌을 받자.'라면서 죄인으로서의 고통을 감수하자는 쪽으로 스스로 해결을 보았다.

내 주변에서는 이런 나의 죄의식에 대해 다 알고 있다.

내 친구들은,

"이제 그만해, 치매든 노인한테 잘못하지 않는 사람, 특히 며느리는 다 죄를 짓게 되어 있어 좋은 말도 세 번 들으면 싫은데 넌 끄떡하면 시어머니 구박했다는 말, 이젠 듣기가 싫다구!"

어쩌면 나는 죄의식을 덜고 싶어서 그렇게 자학하듯이 말하며 살아온 것인지도 모른다.

우리 다락방 식구들도 나의 이 '죄'에 대해서는 다 꿰고 있으면서

"세실리아는 살아 있는 사람들한테 잘하고 있으니 그 책임감은 다 벗었어요."라면서 나를 위로해주었다.

그렇지만 나는 여전히 죄인으로서 속죄를 해결할 수는 없었는데, 프란치스코 교황님의 말씀에서 어떤 섬광을 보게 된 것이다.

어떻게 나 자신과 화해할 것인가?

경솔하고 꼼꼼하지 못해서 일상의 많은 것들을 허술하게 처리해 일류는커녕 이류에 머무르는 때가 많다.

희생이나 헌신하는데도 마찬가지이다.

식구들의 밥상을 차리는 데에도 꼼꼼한 희생이 뒤따라야 맛있고 영양 있는 밥상을 차릴 수 있는데 나는 그렇지 못해서 아쉬움으로 스스로 속상할 때가 많다.

사람은 타고난 속성이 있어 크게 달라지지는 않는다 해도 이 악물고 노력하면 어느 만큼은 달라질 수 있긴 하다.

나는 나 자신과 화해하기 위해 이런 나의 결함과 싸워야 한다는 것을 알게 되었다.

그래서 요즘 나는 이렇게 말하곤 한다.

"2등은 할 수 있지만 이류는 되지 말자! 아니 3등도 할 수 있다, 그러나 삼류는 절대로 안 된다!"

하느님 들으셨어요?

이 죄인의 남은 인생 지표를!

'내 마음 굳게 굳게 주님을 기다리니, 죄인에게 자비를 베풀어 주소서!'

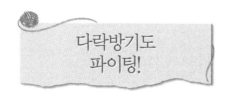

다락방기도
파이팅!

교회 성가대는 성탄절이면 꼭 부르는 노래가 있다.

헨델의 오라토리오 '메시아' 중에서 3부에 해당하는 "할렐루야" 합창인데 이 곡은 워낙 알려져서 일반인들도 좋아하면서 널리 부르고 있다.

'야훼를 찬양하라'는 뜻의 할렐루야는 기쁨이나 감격을 표현할 때도 '할렐루야!'를 외치는데 성경 신구약에서도 틈틈이 등장하는 말이기도 하다.

할렐루야가 무슨 의미인지도 모를 때 이 노래를 부른 적이 있다.

여학교 2학년 때 학교에서 세종문화회관에서 합창을 부르는 행사를 하게 되어 메조소프라노 파트에서 이 노래를 멋도 모르고 불렀다.

그 후 신자가 되어 해마다 성탄미사, 혹은 부활절 때 이 합창을 들으면서 더욱 이 노래에 빠지게 되었고, 헨델이 작곡했을 때의 이야기를 알게 되면서는 감동에 젖어 기립박수라도 치고 싶은 마음이 되었다.

'조지 프레데릭 헨델'은 작곡가로 영국과 유럽에서 큰 명성을 얻고 돈도 벌었지만 오페라단을 만들면서 운영을 잘 하지 못해 끼니를 걱정해야 하는 빈곤한 처지가 되었다. 그리고 병까지 얻어 그는 거의 회복이 불가능해 보였을 때 '찰스 제넨스'시인으로부터 온 오라토리오 가사를 보고 미친 듯이 작곡하게 되었다. 헨델은 모두가 가망이 없다고 생각하는 폐인이 된 상태에서 24일 동안 거의 식음을 전폐하고 밤낮으로 작곡을 해 오라토리오 "메시아"3부를 완성했다.

그리고 영국에서는 공연하지 못하고 아일랜드 더블린에서 공연을 하게 되었는데 소문이 나면서 단시일에 표가 매진되었고 표를 구하려는 사람들의 성화로 좌석을 더 만들기 위해 부인들에게는 비팀 테(치마폭을 넓게 벌어지게 하기 위해 입는 속치마)를 입지 못하게 하고 남자들에게도 양복에 장식을 하지 못하게 했다.

더블린 극장에서 공연이 연주될 때 평소 헨델을 그리 좋아하지 않던 조지 2세 왕은 할렐루야 합창이 연주할 때 자리에서 일어났다. 그러자 왕을 따라 모든 청중이 일어났는데 지금도 초연할 때의 그 감동이 전통이 되어 합창을 부를 때 일어나기도 한다.

헨델이 74세 되던 1759년 4월 7일 메시아는 초연되어 대성공을 거두었다. 그는 그의 소원대로 며칠 후 4월 13일 성 금요일에 눈을 감았다.

메시야는 1부-예언과 탄생, 2부-수난과 속죄, 3부-부활과 영생

등 3부로 되어 있는 오라토리오로 할렐루야는 3부에 있다.

나는 헨델이 메시아를 작곡할 때의 상황을 알게 되었을 때 가슴이 뛰었다.

나는 현재 헨델이 메시아를 작곡할 때보다는 젊고 아프지도 않다. 그런데 난 왜 작가로서 절망하고 있는 것인가.

나는 평균 연령 70이 넘은 다락방 식구들에게 헨델의 이야기를 들려주면서 우리는 무엇이라도 할 수 있는 나이라고 말했다.

"그럼, 요즘은 제 나이보다 10년을 뺀 나이가 제 나이라는데.."

"아무렴, 옛날에 비하면 10년이 뭐야, 20년을 빼도 괜찮을 것 같은데.."

다락방 식구들은 나이에 대해 말하다가 나이는 잊고 살자는 데 합의를 보았다.

그래서 6년 동안 곱비 신부님의 책을 절반도 공부를 못한 것에 대해 과연 우리가 이 책을 다 마칠 수 있을 것인가를 염려하기도 했었는데 그 걱정도 하지 않기로 했다.

"할 때까지 최선을 다합시다!"

다락방 식구들의 말에 내가 말했다.

"최의선을 빨리 말하면 최선이에요, 그러니 최선을 다하자구요."

내 말에 우리는 모두 합창으로 웃었다.

"다락방기도 모임 파이팅!!!"

우리의 구호는 어느 때보다도 힘찼다.

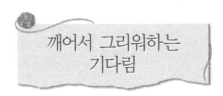

깨어서 그리워하는
기다림

그리스도인들이 간절하게 그리워하며 기다리는 대림시기가 곧 온다.

예수 그리스도 왕 축일 다음에 맞이하는 대림1주일이 교회에서는 새해의 시작된다. 고막리 교우촌에서는 이때부터 신자들이 대림환을 들고 집집마다 다니면서 대림기도를 한다. 나는 고막리로 이사를 와서 다락방기도도 하고 대림기도에 참례하면서 기쁨의 폭과 깊이를 더 가지게 되었다.

다락방 식구들은 해마다 이맘때가 되면 가슴 설레는 그리움을 가득 담아 오실 분을 기다리던 환희의 추억이 있다.

고막리의 대림시기 시작하는 첫날을 대체적으로 반장 집에서 시작했다. 반장은 푸짐한 밥상을 정성스럽게 준비해서, 새해 첫 기도에 참례한 고막리 교우 (반 식구)들을 반갑게 맞이한다. '제사에는 관심이 없고 젯밥에만 마음이 있지 않을까?'내 개인적인 생각은 기우일 뿐! 반 식구들은 온 마음으로 개인적인 소망을 가슴에 품고, 전 우주적인 예수의 강생을 그리워하며 깨어서 간절하게 기다린다.

우리 반 식구들은 예수님의 강생을 마음의 첫 자리에 두고, 성경 루카복음 12장 36절에 '주인이 언제 혼인잔치에 돌아오든지 문을 두드리면 곧 열어주려고 기다리고 있는 사람과 같아야 한다.'고 말씀하셨듯이, 경건함과 간절함으로 기다린다. 이 기다림에는 '누군가'라는 대상이 있어 그리워하며 우리 자신을 깨어있게 하는 긴장감을 주는 것 같다.

세상살이에서도 사랑하는 이를 기다릴 때 우리는 대상에 따라 그가 좋아하는 것을 준비하고 자신을 곱게 단장하고 그를 맞이하는 자세를 갖추게 된다. 군대 간 아들이 오기를 기다리는 엄마! 우선 아들이 좋아하는 음식을 장만해놓고, 신랑을 기다리는 신부 ! 자신을 단장하고 집안을 치우고 꽃이라도 꽂아 놓게 된다. 이렇게 기다림에는 그리움으로 그리움은 그를 향한 깨어있음으로 우리 마음과 몸은 시간을 헛되이 보내지 않게 된다.

점점 가을이 깊어지고 겨울 채비를 하는 가운데 맞이하게 되는 대림시기!

예수의 강생을 그리워하는 우리들을, 하느님께서도 기다리신다는 것을 잊지 말자.

아우구스티노 성인이 '나의 하느님, 당신 안에 쉬기까지 우리 마음은 안식이 없나이다.' 처럼 우리는 하느님을 그리워하고, 하느님께서도 우리가 당신 안에서 쉬도록 기다리신다. 일방적인 기다림이 아니고 쌍방적인 기다림이다.

다락방기도 식구는 그 어느 해보다도 더욱 가슴 졸이며 옷깃을 여미는 겸손한 마음으로 기다리는 일이 하나 더 추가되었다.

6년 동안 다락방기도 식구들의 웃음 ,부끄러움, 용기, 아쉬움, 이별의 아픔 ,행복을 이야기한 글이 멋지게 탄생되기를 기다리는 것이다.

그러므로 다락방 식구들은 올해는 하느님 강생의 신비 외에도 대림 시기에 앞서 나오게 될 책을 기다리느라 새색시처럼 더욱 가슴이 설레는 것이다.

성서 안에서, 전례 안에서, 다락방기도 안에서 만났던 예수님, 성모님이 지상의 순례 동안에 서로 사랑하게 하시며 앞으로 모든 날들이 대림절 은혜로 채워지게 하소서.

사탄아!
사랑아!

영화 '오멘'과 '엑소시스트'는 우리들에게 귀신들리는 것, 악령에 시달리는 사람들 이야기로 많은 화제를 낳게 했다.

'오멘'은 '불길한 징조'라는 의미인데 그 영화의 주연을 맡은 그레고리 펙의 아들이 자살함으로써 사람들은 오맨이 정말 불길한 징조를 가져온다고 믿기도 했다. 하지만 영화를 제작한 20세기 폭스사는 그 영화로 떼돈을 벌어 그 자금으로 '스타워즈'에 투자해 대박을 냈으니 귀신은 마음만 먹으면 횡재를 안겨주기도 하는 모양이다.

'오멘' '엑소시스트'는 마귀, 악령에 시달리는 사람을 심령술사, 즉 퇴마사가 귀신을 쫓아내는 이야기인데, 마귀, 귀신을 꼼짝 못하게 하는 분이라면 단연 예수님이다.

예수님이 마귀 들린 사람을 얼마나 많이 살려내셨는가.

예수님이 한마디만 하시면 사람 몸에서 악령 들린 돼지가 줄줄이 달아나지 않았는가.

어느 날 기도 모임 후 귀신 붙은 사람에 대한 이야기를 하게 되었다.

막달레나와 수산나는 오리정에 사는 한 교우가 자기 아들이 이상하니 와달라는 청을 받고 가보았더니 정말 젊은이가 이상했다고 했다.

"뭔가 사로잡힌 사람은 벌써 눈빛이 달라요, 눈을 맞추지 않고 눈동자를 이리저리 돌리거든요."

막달레나는 직감적으로 그 아들이 자살하려는 것 같다는 생각이 들어 급히 신부님께 전화해서 성체를 모시고 오면 좋겠다는 청을 드렸다고 했다. 신부님은 오시자마자 아들을 데리고 방으로 들어가셨다. 한참 후에 아들이 나왔는데 달라졌었다면서 뭔가에 썬 사람에게는 성수, 성체가 큰 효험이 있는 것을 그때 알았다는 말을 해주었다.

다락방 식구들은 저마다 이상해진 사람들의 이야기를 알고 있었고 그럴 때 십자가나 성수, 구마경의 기도가 도움이 된다고 했다.

막달레나의 딸 친구 이야기는 우리에게 귀신을 쫓아냄으로써 전도도 할 수 있다는 것을 새삼 일깨워 주었다.

친구들의 딸은 남편이 날마다 만취해서 들어오니 살 수가 없어서 남편이 아무래도 술 사탄이 들어찬 모양이지 도저히 이럴 수는 없어!?

술 귀신인지 술 사탄인지를 쫓아낼 요량을 굳게 먹고 성당에 가서 소주병 가득하게 성수를 준비해 두었다. 마귀를 제거하는 구마경을 달달 외우는 연습까지 했다. 그날도 밤늦은 시간에 만취가 되어 들어오는 남편을 향해 병에 든 성수를 뿌려놓은 빗자루를 들어 술 마귀를 쫓아내는 의식을 했다.

"이 술 마귀야, 예수님의 이름으로 명한다!! 그 몸에서 썩 물러가라!! 이 마귀야, 물렀거라!"

그 후 남편은 어깨를 축 늘어뜨리고 고개를 떨구고 말없이 며칠을 지내더니 "나 너가 너무 무서웠어! 너가 미쳤는지 알았어. 나도 성당에 다닐게"라고 말을 하고 마침내는 세례를 받아 지금은 착실하게 신앙생활을 하는 신자가 되었다고 했다.

다락방 식구들은 자신의 마음이 산란해지고 분심이 들면 집안 구석 구석에 성수를 뿌리고 기도서에 있는 구마경으로 잡다한 생각을 물리친다고 한다.

"예수님이 마귀 쫓는 명수신데, 우리는 그 예수님 빽이 있으니 무서울 게 뭐 있어?"

막달레나의 말에 모두들 한마디씩 했다.

"그럼 우리도 귀신 쫓아낼 수 있으니 퇴마사로 나갈까요?"

"일단 수시로 들락거리는 나의 마귀부터 쫓아내야지."

"우리는 자랑할 게 예수님밖에 없네요."

"귀신아 ! 물렀거라. 예수님 이름으로 물렀거라!"

우리는 모두 그렇게 합창하듯이 말하고는

"주님, 감사합니다."

그 어느 때보다도 더욱 절실하게 감사기도를 드렸다.

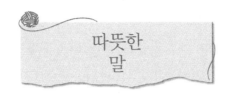

따뜻한
말

천지창조는 하느님께서 말씀하시기를 '빛이 생겨라.'하시자 빛이 생겼다로 시작된다. 그러므로 하느님은 태초에 말씀을 주셨고 그 말씀대로 만들어진 우주 안에서 하느님의 작품으로 만들어진 사람에게는 태초에 말이 어떤 숙명인지도 모르겠다.

말이 씨가 되고 말로써 그 사람의 인품을 알아볼 수 있기 때문이다.

사람을 만나 이야기를 몇 분 정도 해보면 대략 그 사람의 됨됨이를 알 수가 있다.

아니, 어쩌면 인사하는 그 즉시에도 그에 대한 인품이랄까, 성향을 알아볼 수도 있다.

"잘 지내시죠? 건강해 보이시네요.",

혹은 "아이구우, 얼굴에 광채가 나십니다그려, 무슨 좋은 일이 있으신가 보죠?"라는 등 사람들은 만나면 날씨나 인상에 대한 이야기로 서로 말문을 튼다.

이럴 때 기왕이면 다홍치마라고 좋은 말을 건네면 좋은데 꼭 뭔가 꼬집듯 까탈 부리듯 말하는 사람들이 의외로 많다.

특히 여자들은 서로의 옷차림에 민감해서 차림새에 대한 말을 하기도 하고, 피부에 대해서 말을 하기도 한다.

그 옷 어디서 샀느냐로 시작해서 가격까지 묻기도 하는데 다음 대목에서 인품이 갈리기도 한다.

"어머, 비싸게 샀네, 아무개는 얼마에 샀다던데, 바가지 썼어."

다른 사람 산 가격이 자신이 구입한 액수보다 훨씬 저렴하게 샀다면 속상할 뿐만 아니라 그 옷이 정 떨어져서 입고 싶지 않을 수도 있다.

그에 비해,

"정말 잘 어울린다. 오늘 아주 멋있으니까 그냥 들어가면 안 되고 남편이라도 불러내 데이트라도 해요. 나도 그 옷 사고 싶네...."

똑같은 상황에서 이렇게 말해주면 그 옷을 입은 사람은 행복해지는 것이다.

이렇듯 같은 말을 해도 기분 좋게 하는 사람이 있고, 기분 나쁘게 하는 사람이 있다.

긍정으로 보는 사람은 긍정의 말을 하고 매사에 부정적인 사람은 상대를 기분 나쁘게 하는 부정의 말을 하는데, 이렇게 갈리는 것은 무슨 연유인지 생각해본 적이 있다. 이를테면 타고 난 성품인지 후천적으로 꼬였는지에 관한 문제인데 나는 타고난 성품이 더 많은 게 아닐까? 하는 생각이 들었었다.

하지만 믿음이 생기고 성경을 읽으면서 후천적으로 얼마든지 말솜씨를 고칠 수 있음을 알게 되었다.

우리 다락방 식구들은 말을 참 예쁘게 하는 편이다.

만나면,

"애기 엄마, 뭐 좋은 일 있어? 신수가 훤하네."

라던가,

"그 옷 멋 있네 어디서 사셨수?"

하면서 옷차림을 칭찬해준다.

나도 예전 까칠하던 시절보다는 다락방기도 식구가 되면서는 말을 곱게 하려고 애쓰는 편이다. 그러면서 예수님을 제대로 믿게 되면 저절로 긍정 마인드가 되어 말을 좋게 하게 된다는 것을 알게 되었다.

성경 말씀을 읽고 또 읽어보면 핵심은 사람을 위해 어떻게 해야 하는 지를 일러주는 좋은 말로 도배가 되어 있다. 그러니 예수님 믿는 신자들은 말을 더 잘해야 한다.

"아니, 믿는 사람이 왜 그런데?"

세상 사람들은 신자들이 말을 잘못하면 이렇게 예수님까지 싸잡아서 흉을 보는 것이다.

그러니 신자들은 더욱 말조심을 하고 기왕지사 남 기분 좋게 하는 말을 하려고 애써야할 것이다.

봄이면 온갖 꽃들이 피어나듯이 우리 가슴에 따뜻한 말의 꽃을 뿌려 향기로운 꽃밭을 만들어야 한다.

지난날 말 실수로 괴로웠다면, 그 경험에서 따뜻한 말 하는 법을 다시 배워서 행복한 삶을 위해서 조금씩 자신을 훈련해보면 좋을 것이다.

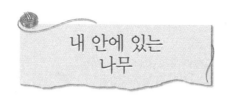
내 안에 있는
나무

예수님이 살아 계시던 시절 예수님은 참으로 많은 기적을 행하셨다.

눈먼 이가 눈을 뜨고, 귀머거리의 귀가 열리고, 앉은뱅이가 일어나 걷는 일은 다반사로 하셨다. 하다못해 죽은 라자로를 다시 살리셨으니, 하느님의 아들 예수님은 하지 못하시는 게 없는 진실로 전지전능하신 분이다.

나는 예수님을 믿으면서도 예수님의 기적에 대해 이해가 안 되는 부분이 있다. 아니 이해를 하지 못한다기보다 백 프로 다 믿어지지 않는다는 표현이 더 가깝다.

나는 지금도 안수기도의 기적을 믿지 못하는 의심장이로, 주변의 암 환자가 치료 대신 안수기도를 받으러 간다면 기적과 현대의학을 병행하는 게 좋을 것이라는 말을 하는 편이다.

내가 이 문제를 다락방 토론장에서 주제로 삼아 이야기를 꺼냈다.

"대장! 그때, 시어머니가 성령세미나에서 안수기도 받고 다리가 나았어요?"

"글쎄...일시적으로 나은 면도 있고 더 나빠지지 않는다는 믿음이 생긴 것이 나아진 것이라고 봐야지 .."

다락방 식구들은 성령세미나에서 안수기도로 병이 좋아진 것을 경험한 사람들이었다.

"안수기도의 기적은 낫는다고 믿어야 하는 전제조건이 있어야 하니까 정신계통의 병은 효과를 볼 것 같긴 해요."

내 말에,

"여보, 따지지 마셔, 믿으면 되고 믿지 않으면 아무 영양가치가 없는 게 안수기도야. 세실리아는 아는 게 많아서 탈이라니까... 알았수? 애기 엄마!"

또 어느 때는 막달레나가 무슨 문제에 부딪치면 아리송한 표정을 짓는 내게 말했다.

"세실리아! 눈물, 콧물 흘리면서 울고 싶다고 했지?

그렇게 회개의 은사를 받으려면 기도를 많이 해야 하는 거야. 어떤 것이든 공짜가 없다우."

그런 말을 듣고 곰곰 생각해보니 나는 속 깊이 절절하게 회개를 하지 못했다는 생각이 들었다.

내 인생의 반성은 하느라고 했지만 막상 회개는 하지 못해 아직도 회개 은사를 받지 못한 것이라는 깨달음이 오자 마음이 급해졌다.

'그런데 회개를 어떻게 하지?'

그러고 보니 나는 회개를 할 줄 몰랐다. 나는 하는 수없이 막달레나를 찾아갔다.

"대장, 내가...회개를 어떻게 하는지를 몰라서..."

내가 어물대자, 막달레나가

"회개는 방향을 바꾸는 것이야, 세실리아가 지금까지 살아온 방식에서 180도 회전을 시켜봐, "

" ...... "

막달레나는 나를 위해 회개에 대한 많은 이야기를 해주었다. 그리고 안수기도를 해주었다.

인생 굽이굽이 돌아와 겨울 문턱에 와 있는 국화꽃 누이처럼 거울 앞에 앉는 대신 집으로 돌아온 나는 성모님 앞에 무릎을 꿇고 앉았다.

"어머니, 제가 지금까지 살아왔던 방식이 아닌 당신의 방식으로 살도록 도와주세요. 제가 어떻게 해야 하죠?"

나는 묵주기도를 하다가 그냥 멍하니 앉아 있었다. 얼마쯤 시간이 흘렀을까?

".우선 나쁜 습관을 고치도록 해라!"

그런 음성이 들려오는 듯 했다.

습관은 제2의 천성이라는 말이 있을 정도로 고치기가 어렵다. 타고난 천성을 어찌 바꿀 수가 있을 것인가. 그래도 회개의 은총을 받아 거듭 나려면 고치기는 고쳐야 할 것이었다. 그런데 막달레나는 지금껏

내 마음대로 하고 싶던 욕망에서 180도 바꾸라고 한다. 그럼 방향을 돌리면 되는 것이 아닐까?

"구제불능이었던 나를 절절이 느끼며"

나는 세상을 바라보던 고개를 돌려 예수님과 성모님만을 바라보기 시작했다.

미사를 빠지지 않고 수요일이면 다락방기도를 하고 욕심을 버리고 욕망을 자제하며 세상의 재미를 줄여나갔다. 내 안의 나쁜 나무가 있다면 그것을 베어버리자 좋은 열매를 맺을 수 없으니, 주님께서 주신 좋은 열매를 마음에 심고 싹을 틔워 좋은 열매를 맺도록 애쓰기 시작한 것이다. 베드로 신부님께서 말씀해주신 강론이 떠올랐다.

"오늘 하루를 보내며 내 안에 어떤 나무가 심겨져 있는지 바라보라"고 "나쁜 나무라면 잘라내라고"

"주님께 우리가 청하고 바라고 노력하자" "우리는 지금 이 순간 우리가 무엇을 해야 하는지만 살펴볼 뿐 아니라, 우리는 누구이고 무엇이 되어야 하는지도 봐야 한다." "우리의 성실함을 보시고 좋은 열매를 맺게 해주신다."고 했다.

우리 시대 진정한 기적은 예수님을 만난 사람이 예수님을 만나기 이전의 모습을 버리고 180도 변화되는 삶에서 찾아볼 수 있다.

넷

직접 쓴 신앙 기록

외롭다고
말하기
힘듭니다

신정자 임마꿀라따

사랑의 두 가지 얼굴

"사랑이 무엇이라고 생각합니까?"

"글쎄요. 사랑은 우리를 살게 만드는 그 무엇이 아닐까요?"
"사랑은 삶의 활력소이고, 오아시스 같아요."
"사랑은 눈물의 씨앗이 아닌가? 허허허!"
"그건 다 꿈이야 꿈. 환상이지, 사랑 따위는 이 세상에 없어."
"사랑은 열병이라고 생각해요."
"사랑은 영혼의 무게이지요. 영혼이 무거울수록 많은 사랑을 한 겁니다."

이렇게 사랑에 대한 정의는 사람마다 다를 수 있습니다.
마더 테레사 수녀님은 사랑에 대해 이렇게 말했습니다.
"우리가 위대한 일은 할 수 없습니다.
 그러나 우리가 할 수 있는 일은 위대한 사랑의 마음으로 하는 조그마한
일들입니다."
 정말 힘이 있고 진실이 가득 담긴 말이 아닐 수 없습니다.

사랑은 사람을 기쁘게도 하고 눈물도 짓게 합니다.

사랑은 이렇게 두 가지 얼굴을 가지고 있습니다.

걱정이 많은 사람들은 대개 사랑의 부정적인 힘에 이끌려 괴로워했던 사람들입니다.

그래서 내가 주로 듣는 이야기는 잘못된 사랑에 관한 이야기입니다.

부정적인 사랑의 시작은 대개 집착에서 시작됩니다.

집착은 특히 미혼의 젊은이들에게서 자주 볼 수 있습니다.

애정을 잃을까 봐 걱정하고, 질투로 분노하고, 한쪽의 일방적인 사랑으로 숨이 막혀 합니다.

집착은 사랑을 하면서 외롭게 만드는 고얀 놈입니다.

사랑은 주고받는 것인데 그런데 사람들은 사랑을 받으려고만 합니다. 사랑이 베풀었을 때 더 커진다는 사실을 잘 모르기 때문입니다.

하양인 편집부

인생은 축구 경기

인생은 축구와 같습니다.
반칙을 하면 벌칙을 받아야 하고,
공이 어디에 떨어질지는 아무도 알지 못합니다.
우리의 삶도 마찬가지입니다.
축구장에서 공을 쫓아 달리는 것이 인생입니다.

〈교황 프란치스코 어록303〉

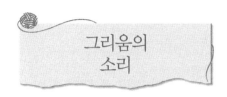

그리움의 소리

내 자신이 만족스럽지 못했던 나였다. 15년 전에 고막리로 이사를 왔고, 통진 성당에 다니게 되면서, 좋은 교우들을 많이 만나게 되어서 이제는 나날이 즐겁고 행복하다.

고막리에서 다락방기도 모임을 하게 되면서 자부심과 굳건한 믿음으로 무장할 수 있게 되었다.

막달레나의 권유로 다락방기도 모임을 하기 위해서 고막리 마을에 갔을 때, 집 주인이 소설을 쓰는 글쟁이인 최의선를 처음 만났다.

'좋은 소개할 만한 작품이 있어요?' 내가 물었다.

그녀는 1970년에 쓴 장편소설 '벽속의 여자'라고 했다.

당시 대학교 3학년 때 쓴 작품이라고... 그 소설이 영화로 만들어졌는데 주연 배우 '문희'가 옷을 벗다시피 하고 나와 외설 시비까지 있었다고,

대구에 살 때에 그 영화를 보았던 기억이 있다. 운명처럼 내 삶에 나타난 세실리아 지금도 그날을 감사한다.

집이 정말 오래되어 아담하지만 초라했고 집 주인인 작가 최 세실리아의 얼굴은 몹시 피곤하고 고단해 보였다.

"글 쓰는 작가들은 대부분 가난하다는데 이 사람도 그러네."

이런 생각이 들었다.

고막리 다락방 모임이 시작된 후에, 2016년 합류하게 되었다. 당시 최 세실리아는 교황님 책 "슈퍼 교황"을 출간한 이후였는데, 새로운 기도 식구가 된 나에게 환영하는 뜻으로 저서에 사인 한 것을 주었다.

어린이 책이라 단숨에 읽을 수 있었고, 쉽게 아주 잘 썼다. 책을 좋아하는 나는 세실리아에게 호감을 느끼면서 거르지 않고 다락방기도 모임에 꼭 꼭 참석을 했다. 세실리아의 가난에 대해 저절로 기도가 되었다. 그녀는 경제적인 어려움 속에서도 다과를 늘 준비해 두었다가 기도를 마치고 나면 내놓았다.

우리가 차 한 잔이면 된다고 말하면,

"참 이상해요, 다락방기도가 다가오면 먹을 게 꼭 생겨요. 이렇게 예비해주시니 염려 마세요."라고 하면서.

최 세실리아는 참 소탈하고 꾸밈이 없어 우리 다락방 식구들도 그녀를 좋아한다.

그런 어느 날 세실리아가 말했다.

"제가 가톨릭 교계의 가장 높으신 어른의 글을 썼으니 , 이번에는 가장 낮은 곳에 있다고나 할까? 민초들의 들꽃 같은 여러분의 성숙한 신앙 이야기를 써보아도 좋을 듯해요. 자신들의 이야기를 써보시겠어요?"

세실리아의 제안에 내 가슴이 심쿵했다.

가슴속에 깊이 돌돌 말아둔 나의 이야기를 쓰고 싶다는 소망을 들킨 것 같았다. 황혼처럼 물들어가는 수많은 나! 주님 사랑 안에서 의젓한 나! 무언가 가슴에 가득하게 차오르는 슬픔, 아니 그것은 슬픔만은 아니고, 미처 함께 다하지 못한 발자취 그이의 대한 그리움이다. 미련 같은 것인지도 모른다.

시간이 허락하는 대로 기억을 더듬어가며 메모를 시작했다.

마침 00아들네가 새집 입주를 앞두고, 우리 집에 와 있었으므로 내 방에 있는 시간이 많아져서 기회는 딱 안성맞춤이었다.

낮에도 밤에도 지난 내 인생에 귀를 가만히 기울이며 과거 속으로 빠져 들어가기 시작했다.

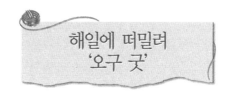

해일에 떠밀려
'오구 굿'

"왜 당신 혼자 왔어요?"

1982년 11월 29일 새벽 4시경,

어둠과 바람이 우리 집 창에 부닥치는 시간이었다 . 온전한 내
편이자 네 아이의 아버지인 남편이 완도 앞바다에서 영원한 바다
로 갔다.

나는 그날 아침, 아이들을 학교에 보내고 설핏 선잠이 들었다. 낚시
갈 때 입은 군청색 잠바차림의 애들 아빠가 내 머리맡에 앉아 묵묵히
날 바라보았다.

당신 혼자 왔어?

내 물음에 대답은 하지 않고 묵묵히 서 있는 남편을 보다가 소스

라치게 놀라서 잠이 깨었다. 잠시 후에 MBC대구방송에서 낚시하던 두 사람이 해일에 떠밀려 실종되었다는 뉴스가 나왔다. 나는 그때까지도 두 사람 중에 한 명이 애들 아빠라는 사실은 알지 못한 채 그저 왠지 불안해서 마음을 잡지 못하고 있을 때, 거실에 전화 벨이 울려서 받았다 .

전남지서에서 전화가 왔다. 완도바다로 낚시를 간 28명 중에 두 사람은 청산면 앞바다 완도에 내리고 나머지는 여수로 갔는데, 그 완도에서 내린 두 사람 중에 한 사람이 박재섭씨란다. 그 사람이 신정자씨의 남편이 맞느냐고 물었다.

애들 아빠는 44세에 그렇게 사랑과 일을 나에게 맡기고 바다로 바다로 우리 곁을 영원히 떠났고, 시신은 영영 찾을 수가 없었다.

그때 내 나이 40세, 아이들은 첫째가 중2, 둘째가 중1, 셋째가 초등 5년, 넷째 막내가 초등학교 1학년이었다. 당시 남편은 회사(중앙신약)의 대표로 직원은 백여 명으로, 그 가족을 먹여 살려야 하는 책임을 가진 중소기업인으로 은행에 대출은 있었지만 잘나가는 제약회사였다.

낚시꾼 두 사람의 실종 소식은 메인 뉴스에도 나오고 그날은 해경이 헬리콥터와 배로 바다를 샅샅이 뒤지기는 했어도 끝내 시신은 찾지 못하고, 스티로폼으로 된 낚시 바구니만 발견했다. 야속한 사람아 뭐가 그리 급해서 바다로 갔는가 ?

며칠 후 나는 배 한 척을 구해서 완도 앞바다에서 영혼을 건져온다는 '오구 굿'을 하는데 도중에 갑자기 먹구름이 하늘을 덮더니 강한 바람이 불어와서 풍랑이 심해졌다. 그러자 무당은 ".....하느님 살려주세요." 하면서 더 이상 배에서는 굿을 할 수 없으니 동화사로 옮기자고 했다. 무당도 급하니까 하느님을 찾는다. 우리는 서둘러 동화사로 가서 굿을 계속했는데, 무당이 신이 오르니까, 무당 목소리가 아닌, 남편 음성으로 나와 아이들과 형제들, 그리고 회사직원에게까지 일일이 당부하는 것을 보고 무당이 영매의 역할을 할 수 있음을 알게 되었다.

"회사는 힘들지만 당신이 하구, 재보야(시동생 이름)니가 형수를 도와주어라."

무당은 남편의 음성으로 내게 지시를 내리고 나는 울면서 그렇게 하겠다는 약속을 하면서 "당신 몸을 찾을 수 있어요?" 물으니 "찾을 수 없다" "찾지 말아라" 하는 것이었다.

무당의 몸에서 남편 영혼이 갈 때가 되었는지 바람이 다시금 세차게 불어왔고, 내 모든 것인 남편을 돌려 보낸 뒤에 그만 정신 줄을 놓고 쓰러졌다. 무당이 내 얼굴에 물을 부어 깨웠다고 했다.

오구 굿을 할 때 짚으로 사람 형상을 만들어서 망자를 대신하는데 굿을 할 때는 그 짚 사람이 살아있는 듯 움직이는 것과 무당이 남편 음성 그대로 말하는 것을 보고 몸은 죽어도 혼이 있음을 여실히 알 수 있었다.

오랫동안 마음 깊이 허전할 여유도 없이, 나는 애들 아빠 말대로 회사를 맡기로 하고 보사부의 도움을 받아 회사대표가 되었다. 그러나 무엇을 어떻게 해야 하는지 도무지 캄캄할 뿐이었다.

나는 나에게 작은 손을 내 밀어서 눈물과 한숨으로 위안하며 살기 어려운 인생을 조용히 걸어 들어갔다. 남편과 함께 있을 때 쫓아오던 햇빛이 혼자 걸어가고 있는 내 머리 위에 있다. 그렇게 캄캄한 속에서 우리 집의 구원이 시작된 것을 그때는 알지 못했다.

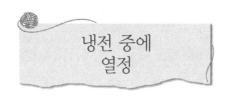

냉전 중에
열정

나는 남편 백일 탈상 전에 막내아들을 데리고 계산 성당 주임신부님을 만나기 위해 사제관 문을 두드렸다.

그리고 남편 실종된 사건, 애들이 계산 성당 안에 있는 효성초등학교를 다녔거나 다니고 있는 것을 말하고는 가족 중에 남편만이 세례를 받지 못한 것을 말했다.

"신부님, 저는 애들 아빠를 천당으로 보내야 살아갈 수 있습니다. 그리고 제 남편이 하늘나라에서도 저희 가족을 위해 기도해준다는 믿음이 있어야 회사와 가정을 지켜나갈 수 있습니다. 제가 애들 아빠 미사를 드릴 수 있도록 … 제 남편에게 세례명을 주세요."

신부님은 가만히 나를 바라보았다. 그리고 눈을 감으셨는데 기도를 드리시는 듯했다.

한동안 침묵이 흘렀다.

"신부님, 저는 세례명을 주시지 않으면 이곳에서 나가지 않겠습니다."

한참 후에 신부님이 말씀하셨다.

"박재식 형제님에게 요셉 이름을 줄테니 성가정을 이루고 애들을 잘 키우십시오."

나는 감사인사를 드리고 사제관을 나와 그 길로 예천성당을 찾아 하늘나라에 간 후에 세례명를 받게 된 남편 박재식 요셉의 연미사를 1년 동안 드려달라는 부탁을 하고 접수를 했다. 예천성당의 주임신부님이 애들 아빠와 인연이 있기 때문이었다. 그리고 계산 성당 사무실에 들려서 남편의 연미사를 접수했다.

그렇게 하고 나니 힘이 나고 삶에 용기가 났다.

남편은 하늘나라에서 하느님을 만나고 예수님과도 인사를 나누었을 것이라는 생각을 하면서도 시신을 찾지 못하고 장례를 치른 찜찜함으로 늘 명치에서 느껴지던 응어리가 풀어져 아픔이 사라졌다.

그리고 남편은 회사와 네 아이를 나에게 맡겼으니 그런 아내를 위해 기도를 열심히 해줄 것이란 믿음도 생겼다.

"박재섭 요셉, 그동안 쉬지도 못하고 열심히 일했으니 천국에서 편히 쉬어요. 그리고 우리를 위해 기도해주세요."

그리고 아이들을 위한 기도도 이렇게 했다.

우리와 함께 계시는 하느님 아버지,

언제나 우리를 비추시고, 보호하시며, 인도하시고, 다스리시는 아버지,
저의 네 아이를 위해 간청합니다.

당신께 드리는 저의 기도가 저의 아이들에게 빛과 힘과 위로가 되게
해 주소서.

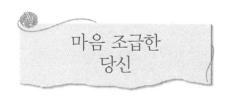

마음 조급한 당신

나는 두려움을 털어내면서 회사대표로, 네 아이의 엄마로 두 주먹을 꼭 쥐었다.

당시 중앙신약은 천여 평 규모의 공장에 직원은 백 여 명, 여름에는 킬라, 모기향 등을 만들어 팔아 여름장사는 쏠쏠했지만 그것으로 직원들 월급과 회사 유지, 네 아이를 키우는 일은 벅찼다.

또한 의약품 계통은 내가 할 수 있는 부분이 아니었으므로 다른 회사에 매각을 하고, 대신 고무장갑 회사를 인수했다. 부산 태화공장에서 최고 기술자를 스카우트해서 '악어표'라는 고무장갑을 만드느라 나는 잠잘 틈도 없이 벅차게 일을 했다. 물론 성당에 나가는 일도 뒤로 미루었고 남편 기일이 되면 연미사를 봉헌하며 그때야 미사에 참례하는 것이 전부였다.

그렇게 10여년 회사를 운영하면서 세상 일, 돈을 벌어들이는 속에서 허우적대면서 살았다. 그동안 딸들은 대학을 졸업해서 자기 길을 가게 되었고, 막내 아들이 한의대 3학년이 되었을 때, 하느님은 나를 세상 깊은 구렁 속에서 건져내는 일을 시작하셨다.

지금 생각해보면 당시 회사에서 일어난 일들은 냉담하면서 살고 있는 나를 일깨우는 사건이었다. 회사 어음이 부도가 나더니, 어느 날은 킬라와 고무장갑을 만드는 공장 기숙사에서 불이 났다. 내가 달려갔을 때는 시뻘건 불길이 번지고 있었다. 저 불길을 잡지 못해 옆에 있는 탱크로리(가스저장탱크)에 번지게 된다면 동네가 다 타버릴 것이었다. 동네 사람들은 다 피난을 가고 나는 그 자리에서 무릎을 꿇었다.

"주님, 제가 당신을 잊고 있었습니다. 주님 사랑을 잊고 있었습니다. 잘못했습니다.

제발 저 불길을 잡아주세요. "

불은 공장 지붕을 다 태우고 탱크로리까지는 가지 않고 불길이 잡혔다.

"그 노여우심은 잠시뿐이나, 하느님의 어지심은 한평생입니다.

울음이 저녁에 깃들어도 새벽이면 즐거움이 옵니다.

이 억센 나를 주님의 자비와 은혜로 도와 주시니

주님, 당신의 사랑을 이웃에 전하며, 주님의 복을 받겠습니다."

미친듯이 기도했다.

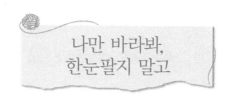

나만 바라봐,
한눈팔지 말고

1998년, 나는 회사를 정리했다.

15년 동안에 할 수 있는 일은 다하며 고무장갑 회사를 운영해왔으나 손에 쥘 수 있는 것은 얼마 되지 않았다. 세상의 이치로 말한다면 나는 엄청난 손해를 본 것이지만 주님의 섭리로 본다면 나는 구원의 한 가닥 줄기를 이때 잡은 셈이다.

사실 그런 일을 당하지 않았더라도 나는 더 이상 버틸 힘이 없었다.

머리가 빠지고 한쪽 귀는 들리지 않고 눈도 나빠져서 더는 사업을 하기가 힘들어졌다.

그래도 막내아들이 대학 졸업을 할 때까지는 수입원이 있어야 했다. 고무장갑 회사를 정리하고, 남은 돈으로 80평짜리 슈퍼마켓을 인수했다.

천여 평 공장에서 80평 슈퍼를 하게 되었으니, 이제는 여유로운 시간이 있을 것이라 생각했다.

그리 되면 주님과 약속한 대로 신앙생활을 더욱 열심히 할 수 있으리라 생각했다.

작은 고추가 맵다고 하던가.

80평 슈퍼마켓는 나를 더 꼼짝 못하게 했다.

당시 내가 살고 있는 집은 대구 동쪽, 일하는 슈퍼는 서쪽 끝이었다.

새벽 6시에 일어나 큰 시장에서 장을 보고 슈퍼로 출근을 했고, 직원들이 퇴근하고 나면 마무리 정리는 나 혼자 하고, 집에 도착하면 밤 12시가 다 되었다. 공장을 운영할 때보다 애들 얼굴보기가 더 어렵고 내 몸도 힘들었다. 하느님과의 약속을 까맣게 잊고, 주일미사 참례 또한 생각도 못할 형편이었다.

슈퍼 단골 중에 젊은 애기 엄마가 있었는데 가톨릭 신자여서 이야기를 많이 나누게 되었다. 나는 그녀에게 내 얘기를 했다. 그 엄마는 내 얘기를 듣고는

"자매님, 하느님 일을 먼저 두셔야 해요. 그렇게 약속도 하셨잖아요?"

"그런데...참 그러네..."

그녀는 슈퍼에 와서는 농담인지 나를 '냉담 사장님'하고 부르면서 언제 냉담 푸실 것이냐 놀리기도 했다.

그런 어느 날 오후에 그녀가 와서.

"냉담 사장님, 오늘 저와 성당에 가요. 이 카타리나 자매가 강의를 하는데 엄청난 은혜가 있어요. "

오후 2시는 슈퍼에서 가장 한가한 시간이다. 그녀 덕분으로 나는 성당에 갈 수 있었다.

소아마비로 태어났다는 카타리나 자매의 강의는 정말 놀라웠다. 그리고 신자들 중에는 이상한 소리(방언)로 기도하고 울기도 하는 등, 내가 알고 있는 미사와는 아주 다른 기도모습이었는데 나는 좀 어색했다.

강의가 끝나고 묵상기도 시간이 주어졌다.

나는 눈을 감고 묵상하는 중에 예수님(하느님)으로 생각이 드는 분이 흰옷을 입고 책상다리를 하고 제대 앞에 붕 떠 계시는 모습이 나타나 나는 놀라면서 눈을 뜨니 그 모습이 사라졌다.

이튿날 바쁘게 일을 하면서도 성당에 가고 싶은 마음이 들었다.

나의 하루 시작은 내가 제일 먼저 슈퍼에 출근을 한다. 그리고, 직원들이 출근하면

나는 농수산물 시장에 가서 야채를 구입해 와서는 쇼케이스에 잘 정리를 한다. 그리고 저녁 시간에 농수산물 시장을 또 간다. 애기 엄마와 성당을 다녀온 후부터 성당에 가고 싶은 마음이 자꾸 일어난다. 저녁 시장에서 야채를 사가지고 와서 "이 야채 그냥 두면 물러지니까, 이것만 정리하고 가자." 속마음에게 그렇게 말 하고도, 일을 하다가 보면 성당을 가지 못했다.

그런 어느 날, 나는 큰 딸에게 슈퍼를 맡기고 근처 작은 성당을

찾았다.

오후 6시경으로 해가 질 즈음인데 성당 마당에서 수녀님 두 분이 테니스를 치고 계셨다.

성전으로 들어가니 형제님 한 분이 불도 켜지 않아 어둠 속에서 기도하고 있었다. 나는 앉자마자 흐느껴 울기 시작했다. 한번 터진 눈물은 그치지 않고 흘러내려 주체할 수가 없었다. 내가 하도 울어서인지 옆자리에서 형제님이 나가는 것 같고 나는 소리 내어 실컷 울었다. 두어 시간이 지났을 즈음 나는 울음을 그치고 밖으로 나와 성물 방에서 장미꽃 한 송이를 사서 성모상 앞에 놓고 기도를 하고 나왔다.

그날 저녁식사를 하고 포도를 씻고 있는데... 현관문으로 큰 나무십자가를 든 분이

아까 작은 성당 안에서 나타난 분(예수님 같음) 거실에 들어오시더니 커다란 꽃병에다가 십자가를 넣고는 잠시 서계시다가 사라졌다.

나는 놀라 거실에 있는 커다란 꽃병을 들여다 보았다. 그 꽃병에는 지산동 청구 아파트로 이사 올 때 형광으로 된 십자고상을 벽에 걸지 않고 넣어둔 곳이었다. 나는 너무 놀라 숨도 쉬지 못하고 있다가 꽃병에 넣어둔 형광 십자고상을 꺼내 거실 벽 중앙에 걸었다.

다음 날 나는 지산성당으로 가 고해성사를 하고 미사 참례를 했다. 이렇게 미사를 시작해서 매일 같이 미사를 다니기 시작했다.

그동안 아들이 한의대를 졸업하고 약대에서 일 년을 더 공부할 즈음 슈퍼마켓을 정리했다.

그날 이후 나는 매일같이 미사를 다닌다. 그리고 그때 시작한 레지오를 지금 김포 통진 성당에서도 계속하고 있다.

지금도 주님께서 축복해주신 형광 십자고상을 제일 좋아한다.

나의 삶은 완전히 달라졌다.

하느님 일을 우선으로 한다. 세상일도 잘 정리된다. 집안의 매듭들도 자연스럽게 술술 풀린다.

이제 모니카, 레지나, 아녜스, 라파엘 네 자녀들은 모두 결혼했고, 아이들을 낳아 믿음생활을 하여 성가정을 이루고 있다. 지금은 내 아이들을 위해서 기도하지 않는다. 우리 애들에게도 이 어미를 위한 기도는 하지 말고, 주변의 가난한 이웃들이나 이 나라를 위해 기도하라고 말한다.

주님처럼, 성모 어머니처럼 우리 모두를 위해 언제나 변함없는 사랑을 주시는 모습을 본받으라고.

그리고 혼자 기도하는 것도 좋지만, 가능하면 이웃과 함께, 한 사람보다는 둘, 셋이 모여 기도하라고 말한다.

나는 통진 성당에 다니면서 마음을 터놓고 이야기 하며 지내는 참 좋은 친구들을 만나서 즐겁고 행복하다. 편안하게 의자에 기대앉는 느낌의 이귀임 막달레나를 비롯해 다락방기도 식구들이 자꾸 만나고 싶은 귀한 친구들이다. 사람이 혼자 살 수 없듯이 믿음 생활도 함께 모여 기도하면 더욱 견고해지고 즐거워진다.

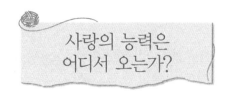

사랑의 능력은
어디서 오는가?

지금 내 나이 70대 중반,

나는 매일 미사를 다니고 목요일에는 갑곶 성당에서 로사리오 평화
사도 회원으로서 평화통일기도를 드리고 있다.

수요일에는 고막리 최 세실리아 집에서 다락방기도를 하면서 신자
들과의 친교를 나누면서 사랑의 어머니께 기도를 하고 있다.

내 노후가 이렇게 알차고 보람 있을 수 있는 것은 모두 주님의 은총
과 축복이 있어서이다.

우리 다락방 식구들은 서로 모여서 믿음 이야기로 시작해서 주님
사랑 , 예수님 사랑 ,어머니의 사랑, 혹은 세상 속에서의 힘든 일과 가
족 이야기들을 나누면서 위로를 받고 사랑받는다.

영혼의 깊은 곳에서 평화의 물을 길어 올리면서 진정한 삶의 행복
을 누리고 있다.

'오월의 여왕이신 성모님(우리 어머님)께'

우리들에게는 낳아주고 길러주신 육적인 어머니가 계시고,

이 세상 것에 눈을 뜨면서 영적인 눈으로 살게 해주신 성모 마리아 어머님이 계십니다.

성모님께서는 저희가 늙어가면서 외롭거나 슬퍼질 때 세상 유혹에 넘어갈세라 항상 지켜주시고 보듬어주십니다.

어머니께서는 사랑이 가득 담기신 눈길로 저희를 바라보시며 기도하고 계십니다.

저희는 자애로운 어머니를 정말로 의지하고 좋아하고 사랑합니다.

성모님께서는 우리가 세상이 불의에 빠지지 않도록

또한, 남한과 북한의 화해와 일치를 위하여

묵주기도를 희생으로 바치라고 하십니다.

평화의 모후이시며, 사도이신 성모마리아님

저희가 매주 목요일마다 파티마에 발현하신

성모님을 모시고, 순교자의 모후 전교 수녀회

곽 마리안 원장 수녀님을 앞세워

여러 수녀님들께서 수고를 하시며,

성모님의 군대인 저희들을 남과 북 화해와

일치를 위하여 성모님의 뜻에 따라 기도의 모임을

함께 할 수 있는 은혜로움에 감사드립니다.

드디어, 우리의 기도가 꾸준히 이어지던 60년 만에
2018년 4월 27일 공동경비구역 판문점에서
처음으로 남과 북 두 정상들이 만났습니다.

성모마리아 사랑의 어머님이시여!
남은 인생이 그리 길지는 않겠지만 죽는 그날까지
어머님의 사랑에 감사드리는 기도를 꾸준히 할 것을 약속드립니다.
거룩하신 성모님 진심으로 고맙습니다.

로사리오 평화사도회 신정자 임마꿀라따

통진성당 회원일동 올림

통진성당 2018년 5월 성모성월에 성모 마리아께 올리는 편지를 쓰
고, 그 편지를 교우들 앞에서 봉헌하는 기쁨을 받았다.

다섯

사랑도
능력이다

이귀임 막달레나

사랑의 능력

사랑의 능력이 얼마나 중요한지에 대해 심리학자인 리차드 칼슨은 이렇게 이야기했다.

사랑은 주고 받는 것입니다. 그런데 사람들은 사랑을 받으려고만 합니다. 사랑을 베풀었을 때 더 커진다는 사실을 잘 모르기 때문입니다.

나는 자신의 삶이 사랑으로 채워지기를 바라지 않는 사람을 단 한 명도 본 적이 없다. 하지만 사랑이 싹트게 하기 위해서 자신의 내면부터 변화시키려고 노력하는 사람 또한 별로 보지 못했다. 다른 사람이 먼저 자신을 사랑해주기만을 기다리는 사람은 늘 목마를 수밖에 없다.

자신의 삶에 사랑이 필요하다거나 세상에 사랑이 부족하다고 생각될 때는 이렇게 해 보라. 잠시 이 세상이나 다른 사람들에 대해서 잊어버리고 자신의 가슴속을 들여다보라. 가슴속에 끊임없이 길어 올릴 수 있는 사랑의 샘물이 출렁거리고 있는가? 가슴속에 샘물을 퍼올려 바깥세상 사람들, 심지어는 사랑받을 자격이 없는 것처럼 보이는 사람들의 메마른 가슴까지도 시원하게 적셔줄 수 있는가?

곧 다가올지 모를 큰 사랑을 향해 가슴을 열어두고 사랑을 기다리기보다는 자신을 사랑의 원천으로 만드는 것이야말로 자신이 그토록 희구하는 사랑을 향해 내딛는 첫걸음인 것이다. 사랑의 샘물은 많이 길어 올릴수록 더욱 달고 시원해진다. 사랑을 베풀면 베풀수록 오히려 더 큰사랑이 찾아온다.

사랑으로 충만한 사람이 되는 것을 가장 중요하게 여기고 사랑을 받는 것에 대한 집착으로부터 벗어날 때 자신의 삶이 더 많은 사랑으로 풍요해지는 걸 발견하게 될 것이다. 사랑 그 자체가 보상이라는 세상에서 가장 위대한 진리 하나를 가슴속에서 건져 올리게 될 것이다.

사소한 것에 목숨을 걸지 말아요.

당신은 가슴속에 끊임없이 길어 올릴 수 있는 사랑의 샘물이 있습니까?
당신은 사랑의 능력이 있습니까?
곧 다가올 큰 사랑을 향해 가슴을 열어두세요.
사랑을 마냥 기다리기보다 자신을 사랑의 원천으로 만들어보세요.

하양인 편집부

하느님의 귀

하느님에게도 귀가 있습니다.
그러나 듣지 못하는 우상의 귀와 같지 않습니다.
그렇다고 하느님의 귀는
단지 듣기 좋은 것만 듣는 권력자의 귀와도 같지도 않습니다.
하느님의 귀는 모든 것을 들으십니다.
그런데 그냥 듣들시는 것이 아니라,
정말 듣기를 좋아하시기 때문에 모든 것을 들으십니다.

〈교황 프란치스코 어록303〉

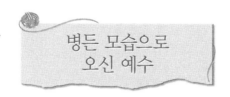

병든 모습으로
오신 예수

말기 암으로 시한부 선고를 받은 아랫동서가 고막리 우리 집으로 오고 싶어 한다는 말을 들었을 때 나는 손사래를 치면서 안 된다고 말했다.

"싫어, 못해! 당신 알잖아, 동서가 나를 어떻게 했는지. 싫어, 동서 집으로 퇴원하면 내가 돌보기는 할 거야, 그러나 우리 집은 아니야.."

성모병원에서 대세를 받고 신자가 된 동서가 퇴원을 하면 우리 집으로 오겠다는 뜻을 전해 듣고는 나는 그렇게 펄쩍 뛰었다.

나와 동서와의 관계를 알고 있는 남편은 아무 말도 못하고 있고 나는 동서가 죽음을 앞둔 사람이라는 사실에 마음이 약해져서 성당으로 향했다.

나는 27세에 맏며느리로 시집을 왔다.

그때 손아래 동서가 먼저 결혼해 시부모를 모시고 살았는데 맏며느리로 내가 시집을 오자 바로 분가를 하려다가 금방 나가지 못해 얼마 동안 함께 살게 되었다. 그런데 시집은 먼저 왔지만 손아래가 분명한 동서가 묘한 텃세를 했는데, 그 텃세가 시어머니가 시킨다는 시집살이보다 아주 얄궂었다. 지금은 다 잊었지만 당시는 참으로 견디기가 힘들었고, 혼자 우는 일도 많았다. 그렇게 시작된 손아래 동서의 시집살이는 오랫동안 계속되었다.

왜냐하면 동서는 분가했다가 다시 들어오고 또 분가하고를 여러 번 반복했는데 왜 그랬는지 나는 그 연유를 다 알지 못한다. 그러는 사이에 나는 딸 셋을 낳았고 동서는 아들을 낳았으므로 시어머니는 손자가 있는 동서한테 가서 계시기도 하는 등, 나에게 많은 설움을 주기도 했다.

나는 20세에 세례를 받았지만 만신을 데려다가 굿하는 집으로 시집 간 후, 성당은 잊어버리고 살다가 마흔이 넘어 조당을 풀고 성당에 다시 나가기 시작한 지 한 달쯤 지난 후에 동서 일이 터진 것이다.

나는 생전 처음으로 감실 앞에 무릎을 꿇으니 눈물이 주루룩 흘러내렸다. 나는 예수님을 바라보면서 속내를 털어 놓았다.

"주님, 당신은 사람 속을 꿰뚫어 보신다면서요? 그러면 아실 거 아녜요, 저는 시집와서 16년 동안 알게 모르게 동서 시집살이를 했는데, 지금 와서 그런 사람을 보살피라니 이게, 말이 돼요? 저는 못해요. 하지 않게 어떻게 좀 해주세요....흑흑흑....."

눈물이 어찌나 흐르던지 나는 눈물, 콧물 범벅이 되어 흐느꼈다. 그렇게 한동안 울다가 어느 순간 울음이 딱 멈추어졌다.

그리고 감실을 바라보았다.

"막달레나야, 내가 너를 용서했으니, 너도 그녀를 용서해야한다."

주님의 음성이 들려왔다.

그 음성은 감실 안에서 들려왔다.

"주님, 동서를 받아 들이라구요? 그래요.? ..."

주님을 바라보는데, 이상하게 마음이 고요해졌다. 알 수 없는 평화로움이었다.

나는 집으로 와서 남편에게 말했다.

"동서를 데리고 와요."

남편은 조금 전까지 절대로 못한다고 완강하게 거절하던 내가 돌변한 모습에 나를 의아하게 바라보았다.

며칠 후 남편은 병원으로 가 동서를 데리고 오는 일을 맡았고, 나는 레지오 단원들에게 기도해줄 것을 청했다.

"찬미 예수님, 하늘나라에 갈 사람을 모시는 이 집은 축복 받았어요."

레지오 단원들과 함께 오신 본당 수녀님은 축복의 기도를 해주었고 레지오 단원들은 손을 잡고 간절한 기도를 해주었다.

"할렐루야, 감사합니다. 막달레나에게 용기와 힘을 주소서, 수호천사가 막달레나의 손길을 보살펴 주실 것입니다."

이 글을 정리하는 지금, 하느님의 미소같은 부드러운 햇살을 맞으며 아침기도를 한다.

주님,

시간 속에는 하느님과의 추억을 담고,
가슴 속에는 하느님과의 믿음을 담고,
내일 속에는 당신을 향한 희망을 담고,
당신의 사랑 속에 용서를 담아요.
용서의 마음을 주신 하느님 감사합니다.

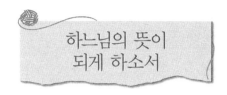

하느님의 뜻이
되게 하소서

또한 나는 내가 성당에 다시 나가면서 생긴 이런 일들이 하느님의 축복임을 깨닫게 되었다.

정말 그랬다.

얼마 전 우연하게 남편과 성당에 가는 일이 생기고 그때 성체를 모시지 못하는 나를 보고 남편이 "왜 당신은 신부님이 주는 떡(성체)을 먹지 못해?"라고 물어서

내가 오랫동안 냉담했고 믿지 않는 남편과 결혼해 조당이 걸렸다는 것을 말하자 그럼 내가 풀어주겠다고 해서 관면혼배를 받은 일,

그리고 다시 내가 성당에 나가게 되면서 동서가 말기 암 시한부 선고를 받은 일,

동서가 대세를 받고 우리 집으로 오고 싶어 한 일 등등, 일련의 일

들이 그냥 이루어진 일이 아니었다.

동서는 그렇게 39세라는 젊은 나이에 하늘나라로 먼저 떠났다.

그때 동서는 우리 집을 구원하려고 온 예수님이었다는 것을 나는 아주 나중에야 그것도 시집, 친정 식구들이 모두 세례를 받게 된 후에 깨닫게 되었다.

내가 성당에 다시 나가게 되었을 즈음 시집, 친정에서 성당에 다니는 사람은 우리 언니와 나, 그리고 남동생 베드로였다.

나는 스무 살에 세례를 받고 스물일곱 살에 시집을 가면서 냉담하기 시작해 마흔 둘에 다시 성당에 다니게 되면서 "내가 매달릴 곳은 하느님밖에 없구나" 깨달음이죠.

당시 우리 집은 고막리에 전답이 많은데도 농사를 짓지 않고 소를 길렀다. 그래서 일이 많았다. 남편은 아침부터 밤늦도록 소에 매달려 살다시피 했고 나는 시부모님을 모시고 세 아이를 키우느라 눈코 뜰 새 없었다.

그런데도 나는 매일같이 미사를 가려고 애썼고, 성령세미나가 있다는 소리를 들으면 아무리 먼 곳이라도 갔다. 우리는 자신이 간절하게 원하고, 뜻을 가지고 하고자 하면 못할 일은 없다고 생각한다

불혹의 나이 사십이 넘어서 예수님 사랑이 포옥 빠진 것이고 , 그 사랑에 목숨 걸 듯이 열정을 다했다.

나는 졸린 눈을 비비면서 성경을 읽고 피정도 가고 성당 봉사활동에도 적극 참여했다.

남편은 그런 나를 이상하게 보면서도 뭔가 느끼는 게 있는지 성경

을 읽기 시작했다. 본래 책읽기를 좋아해서인지 꾸준하게 읽기 어렵다는 성경을 매일 보더니 어느 날 나에게 말했다.

"여보, 구약을 보니 무서워졌어."

"뭐가 무서워요?"

"하느님을 믿지 않는 게 무서워졌어. 나도 세례를 받아야겠어." 나는 남편이 세례를 받게 해달라는 9일기도가 끝나고 또다시 기도를 시작한 즈음의 일이다.

남편은 통신교리공부를 착실하게 하고 86년에 세례를 받아 니고데모라는 세례명을 얻었다.

그래서 우리 가족은 모두 세례를 받게 되었다.

남편 최영만 니고데모, 화영 마리아, 연정 율리안나, 정희 엘리사벳.

이제는 시부모님만 받으면 우리 집은 성가정이 될 것이었다.

이 세상 너머로 하느님과 체온을 나누기 위해서 지금도 매일 미사와 다락방기도를 부지런히 매일 반복하는 것이다.

사랑하는
어머니

그즈음 미신을 유난하게 잘 믿어 만신을 데려다가 굿을 하시던 시어머니가 뇌졸중으로 쓰러지셨다. 시어머니는 좋다는 약을 다 드시고 침을 많이 맞았으나 별 차도가 없어 걸음을 걸을 수 없어 거의 누워만 계셨다.

그런 어느 날이었다.

"너는 소가 아프면 기도를 하면서 시어머니를 위해서는 기도를 했느냐?"

불현듯 그런 생각이 들었다.

나는 시어머니를 위해 9일기도를 시작했고 그즈음 나는 거의 매일 미사를 하고, 성령세미나도 다니면서 힘든 일을 견디고 있었다.

그런 중에 아픈 사람이 많이 치유된다는 세미나 소식을 듣게 되었다.

"어머니, 신부님에게 안수를 받고 다리가 아픈 사람이 나았대요. 가실래요?"

그러자 어머니는

"일어나 걸을 수만 있다면 뭔들 못하겠느냐, 가보자." 하셔서 나는 시어머니를 업고 서강대 성령세미나에 갔다.

나는 사람들이 강당에 가득했지만, 가능하면 앞자리에 앉으려고 앞으로 비비고 들어가는데, 사람들은 어머니를 업은 나에게 자리를 비켜주었다.

봉투를 두 개 만들어 하나는 어머니께 드리면서 헌금을 하셔야 한다고 일러드렸다.

헌금을 낼 때 어머니는 봉투 안을 살짝 보시더니 얼른 한 장을 빼고는 헌금을 냈다.

박홍 신부님, 고 마리아, 오웅진 신부님 등 많은 분들의 강의와 간증을 하는 순서가 있었고 성령을 받아 소리치는 사람들이 많았다.

"허리가 아픈 사람은 다 낳지어다!"

라고 말하면 일어나

"할렐루야!"

하면서 나았다고 소리치는 사람들도 있는 가운데 정말 기적 같은 일들이 일어나고 있었다.

여기저기서 기쁨의 탄성이 쏟아져 나오고 어떤 사람은 벌떡 일어나 "할렐루야! 나았습니다!" 하는 고함 소리가 나기도 하는 등 강당 안은 뜨거운 성령이 일어나고 있었다.

안수기도가 이어지고 있을 때 어머니가 갑자기 일어나더니,

"여보시게 나 좀 보쇼 .."

라면서 무언가를 마구 말씀하시는데 방언 같기도 하고 잘 알아들을 수가 없었다.

"이년아! 약 먹는데 몇백만 원을 쓰는 년이 그래 봉투 돈을 빼! 아이쿠우 미련한 나를 제발 용서해 주슈. 그리구 내 다리 좀 낫게 해주슈.. 예수님 양반...."

가만히 들으니 그런 내용의 말이었다. 그런 후 어머니는 대성통곡을 했다.

그 후에도 나는 여러 번 성령세미나에 어머니를 업고 갔으며 어머니는 그때마다 '이년을 용서하주라'고 하면서 우셨고 그 후 세례를 받아 젬마가 되었다.

나는 누워만 계시는 시어머니에게 묵주기도 하는 방법을 간략하게 알려드렸다.

"어머니, 이 기도를 하시면 시간도 잘 가고 아픈 것도 잊으실 수 있어요. 저희들을 위해서도 기도해주시고 천국에 있는 작은 며느리를 위해서도 기도하세요."

어머니는 그러마고 약속했다.

그 후 어머니는 묵주기도를 끊임없이 하시다가 하느님께로 가셨다.

친정 어머니도 하늘로 가시기 위해 75세에 세례를 받고, 숨을 길게 고르시며 내 가슴 안에 그리움을 남기고 조용하게 하늘로 가셨다.

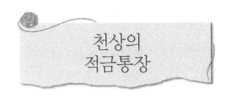

천상의
적금통장

산이 높아야 골이 깊다고 했던가.

공평하신 하느님은 모두에게 축복을 주시지만 특히 모진 고생을 한
사람에게 특별한 은총을 주시는 것 같다. 물론 고생 끝에 낙이라고
고생을 했기에 축복이 더 크고 황홀하게 느끼질 수가 있다.

내가 매일 미사를 가고 성령 세미나, 피정, 가는 것을 유난히 싫어했
던 남편이었는데 자신이 세례를 받고나서 부터는 나와 함께 다니려 한
다. 우리 부부는 성당 활동을 열심히 했다. 남편 니고데모는 구역장,
사목회장, 연령회장을 했고 나는 반장, 구역장, 레지오 단장, 꾸리아
단장, 성모회장을 하면서 우리 부부를 받아주시는 주님께 겸손하게
활동과 기도를 했다. 하느님은 우리 부부를 평화로이 감싸주시며, 오늘
도 겸손과 기도로 이끄신다.

기도는 "아버지라는 이름의 통장"이다.

아버지 통장에 우리 기도가 쌓이면 능히 못할 일이 없다. 나는 70을 넘으면서도 하느님의 멋진 눈짓을 받아서 하늘의 통장을 채운다.

"하느님, 이제껏 쌓아온 우리 부부의 믿음을 더욱 키워 주세요."

다섯 송이의
꽃다발

나는 하늘 어머니의 손을 환하게 잡을 수 있는 묵주기도를 많이
한다.

초록색 묵주, 푸른색 묵주, 붉은색 묵주는 환희, 기쁨, 영광의 빛이
되어서 지금도 묵주알을 매만지며 예수님이 계시는 곳으로 걸어간다.

그동안에도 꿈으로 많은 일들을 풀어내는 은총을 받았다.

친정 엄마가 돌아가셨을 때이다. 하관을 하고 묘지에 봉을 다지는
데 저만큼 하늘에 무지개가 떴다. 나는 그 무지개를 보면서 하느님이
우리 집안의 환란을 막아준다는 약속의 징표라는 생각이 스쳐갔다.

7남매의 넷째인 내가 친정 엄마를 세례 받게 한 일은 지금 생각해
도 은혜롭고 감사하다. 오 신부님으로부터 친정 아버지는 요셉이라는
세례명을 받아서 비석을 새로이 준비했다. 친정에서 일어난 일들만으

로도 기적이고, 묵주기도의 힘이며 하느님의 축복이었다.

친정 형제들과 부모님의 성묘를 간다. "이기옥 요셉, 한여순 마리아"의 묘비 뒷면에는 우리 형제들의 이름을 적어두었는데, 모두 세례명이 있다.

또한 어느 때에는 신발을 잃어버리는 꿈을 꾸고, 답답한 마음인지 꿈에서도 기도를 하고 있는데 예수님이 내 발에 맞는 앵글 부츠를 주시면서,

"내 평화의 신을 신어라!"

하신 꿈을 꾸고는 깨어나서, 현실에 정말로 기쁨과 감사의 평화가 찾아왔다.

기회가 되면 꿈을 통해서 예언해 주신 하느님의 시간들을 차분하게 정리해 두고 싶다.

세 딸을 다 시집보내고 그 애들이 아이를 낳아 세례를 받고 성가정을 이루며 사는 일들은 주님이 살펴주시지 않으면 가능한 일이 아니다.

첫째가 딸 둘, 둘째가 딸과 아들 각기 한 명, 셋째가 딸 둘이다. 이리하여 나는 외손녀 다섯에 외손자가 한 명인데 우리 집안의 유일한 아들이 지금 신학교에 다니고 있다.

나는 몇 년 전 그 기도를 잊을 수 없다.

최양업 신부님을 기리는 배론 성지에 가서 성체조배를 하는데 눈물

이 펑펑 쏟아졌다.

"주님, 사도 바오로가 인간적으로 똑똑한데 하느님 위해 다 버렸습니다. 저도 이제 예수님 안에서 속세 욕심일랑 다 버리겠습니다. 저희 집안에서도 최양업 같은 신부님이 나온다면 좋겠습니다."

나는 흐느끼면서 우리 집안의 아들이 신부님이 될 수 있게 해달라는 기도를 했다.

나는 다락방기도를 할 때마다 그 지향을 기도했고,

우리 집안에 유일한 아들인 외손자는 신학교에 들어갔다.

기도는 놀라운 내 삶의 에너지이다.

"하느님, 예수님, 성모님 우리의 기도를 들어주셔서 감사드립니다."

그동안의 일들을 어떻게 다 말로 할 수가 있을까?

나는 하늘 높이 귀향길에 오르는 날까지 하나하나의 묵주알이 되어 환희의 길 , 고통의 길 , 영광의 길, 빛의 길로 갈 것이다.

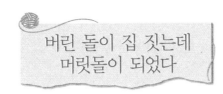

버린 돌이 집 짓는데
머릿돌이 되었다

2010년 60여 호가 모여 사는 우리 동네는 축산단지 반대로 인한 분쟁으로 6년째 법정 소송이 이어지고 있을 때였다.

조상 대대로 농사, 특히 논농사로 쌀을 많이 재배하면서 살아온 고막리 주민들은 고막리 저수지가 젖줄이나 마찬가지였다. 그런데 축산단지로 허가가 난 산 50-2번지 일대는 저수지 위쪽이어서 축산단지에서 나오는 오폐수가 저수지 물을 오염시킬 게 너무나도 뻔한데 어떻게 시청에서 허가가 났는지 도무지 알 수가 없었다. 우리들은 축산단지를 저지하기 위해 투쟁할 것을 결의했고 2005년도부터 반대농성을 하다가 법정 소송으로 이어지면서 5년 동안 지루하게 싸움이 이어지고 있었다.

고막리 마을 주민들이 법정 다툼으로 지칠 대로 지쳐 있을 때, 최의선 작가가 이사를 와서 고막리 주민이 되었다.

　당시 외지에서 온 김선희 대책 위원장이 교우인 것이 주님의 뜻인 것 같아 나는 그분을 위한 기도를 많이 했는데, 최의선 작가도 교우라는 것이었다. 나는 재판이 대법원으로 올라갔을 때는 새벽에 일어나 김선희 대책위원장 집 대문을 잡고 기도 하기도 했었다. 그런데 최 작가가 교우인데다 서울에 사는 변호사와 대법관에게 정보를 알아보고 있다니 천군만마를 얻은 듯하고 하느님이 그녀를 고막리에 오게 해주었다는 생각이 들면서 저절로 그녀를 위한 기도를 하게 되었다.

　나는 고막리 일이 잘 해결될 것 같다는 생각이 들었는데 정말 힘들다고 한숨을 쉬던 모든 사람들의 예상을 깨고 주민들이 승소하게 되었다.

　그리고 최 작가는 우리들의 6년간의 투쟁 기록을 취재해 농촌소설을 쓰겠다면서 비닐하우스에 나와 사람들을 취재하고 자료를 모았다.

　그녀는 글을 밤에 쓴다고 했는데, 그녀를 보면 날밤을 새는 모습이 역력하게 드러났다. 우리들은 몇몇 유명한 작가들을 제외하고는 대부분 가난하다고 알고 있는데 최 작가는 가난한 축에 드는 작가 같았다 그녀는 어떤 때는 죽도 먹지 못한 까칠한 모습이었는데 나는 왠지 그 모습이 안쓰러우면서 쌀이라도 갖다 주고 싶은 마음이 들기도 했다.

　그러나 그녀의 자존심이 있는데 그럴 수는 없었다.

　그리고 2012년, 문수산 자락 마지막 남은 청정마을에 들어서려는 축산단지에 맞서 콩밭을 경작해 경비를 보태며 맑은 공기를 지켜낸 고막리 주민들의 2천여일의 기록소설이라는 부제를 달은 "고막리 콩밭", 농촌 기록소설 책이 나왔다.

우리 고막리 주민들은 생전 처음으로 출판기념식에도 가보게 되었고 그 책을 지금까지 소중하게 간직하고 있다

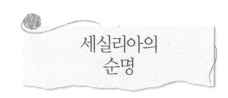

세실리아의
순명

최의선 세실리아는 참으로 많이 고단해 보였고, 때로는 슬퍼 보이기조차 했다.

그녀는 냉담 중인지 성당에 나가지 않았는데 성모의 밤에 남궁정순을 따라서 성당에 나오면서 냉담을 풀었고 우리들은 자연스레 가까워졌다. 그리고 봄이 왔을 때 나, 남궁정순 데레사와 최의선 세실리아 셋은 겨우내 좀 더 불어 난 뱃살을 줄여보자면서 앞산 덕 바위에 올라 용 물을 마시고 돌아오는 아침 산책을 시작하게 되었다.

한 시간쯤 걷게 되는 산책 코스에서 우리들은 많은 이야기를 하게 되었는데 사는 얘기도 하지만 주로 신앙에 관한 이야기가 주를 이루었다.

세실리아는 뭔가 죄의식이 많은 듯 이야기를 하다가도 한숨을 자주 쉬었고 때로는 멍한 눈을 하고 하늘을 바라보았다.

그녀는 자신의 삶을 돌아보니 천사였던 시어머니에게 잘못을 많이 했다는 말을 자주 했다.

"며느리는 누구나 시어머니한테 잘못하구 살게 돼요."

내 말에 세실리아는 고개를 저으면서 이런 말을 했다.

"...나는 ...빨리 돌아가셨으면 하는 마음으로 모셨으니 얼마나 잘못 했겠어요.."

또 어느 날은

"..나는 주로 잡지사의 청탁으로 인터뷰 글을 써서 돈을 벌었는데, 어머니 때문에 일을 하지 못하게 되었거든요, 그래서 .. 먹을 것을 제대로 드리지 않은 날도 있어요...."

라면서 곧 울음을 터트릴 것 같은 표정을 짓기도 했다.

"치매 걸린 분한테는 다 그렇게 하기도 해요, 잡숫고도 또 달라고 하는데 어쩔 도리가 없다니까요.."

"...주님께 용서해달라는 기도를 할 수가 없다니까요.."

나는 최 세실리아가 마음이 곱고 약한 사람이라는 것을 알게 되었다.

그녀는 용서를 청하는 기도도 하지 않으면서 현재의 힘든 상황은 벌을 받고 있다는 것으로 생각하고 있었다.

나는 그즈음 다락방기도 모임을 다시 하고자 기도하면서 잠정적으로 우리 집에서 해야 한다는 생각을 하고 있다가 최세실리아를 보고 마음이 바뀌었다.

그래서 어느 날 산책하는 길에 세실리아에게 말했다.

"세실리아, 당신 집에서 다락방기도 모임 하면 어떨까?"

"네, 그러세요."

세실리아는 즉각 "예"라는 대답을 해주었고 너무나도 쉽게 대답을 해주었으므로 나는 어안이 벙벙할 정도였다.

그렇게 해서 2012년 초여름 세실리아 집에서 저물어가는 고막리 다락방기도 모임은 다시 시작되었다.

세실리아는 다락방기도 모임을 하면서 위로를 받는 듯해서 나는 세실리아 집에서 하자는 권유는 잘한 일이라고 생각했다.

2년쯤 지났을 때는,

"막달레나 , 다락방기도를 우리 집에서 하자고 제안해 주어서 감사해요."

라고 내 손을 잡기도 했다.

"예라고 대답하는 일은 아주 중요한데 세실리아는 그렇게 대답해서 축복이 왔다니까요."

최 세실리아는 다락방기도를 하고부터는 대필하는 일보다는 신부님 글을 정리하는 일에 대해 더 신나게 일을 하는 것 같았다.

세실리아는 우리도 자랑스러워하는 프란치스코 교황님의 생애를 다룬 "슈퍼 교황"이라는 어린이책을 썼다.

읽기 편하고 재미있는 교황님 책을 여러 권 주문해서 세 딸들, 그리고 외손자, 외손녀에게 선물을 했는데 그 책을 읽은 외손자가 지금은 신학생이 되었다.

세실리아는 다르다. 우리들에게도 자신이 겪은 신앙체험에 대한 글을 써보라는 권유를 했다.

훌륭한 장군의 무용담만큼 이름 없는 무명용사의 희생이 아름답다는 말을 하면서 교황님의 글을 썼으니 이번에는 들꽃이랄까, 풀꽃 같은 시골 신자들의 이야기도 내볼만하다는 것이었다.

글을 써본 적이 없는 나는 어색하지만 식탁에 앉아 예전에 있었던 일들을 기억해 내려고 애 쓰고 있다.

생각해보면, 나의 삶을 날씨에 비유해보니 맑고 흐리고 꽃 피고 바람까지 어디 인생의 매 순간마다 녹녹지 않은 날이 없었다.

이 작은 고막리 마을에서 나는 오늘도 놀라운 하루를 만들어 간다.

여섯

신앙은
생각보다
어렵다

장준희 골룸바

영혼의 소리

성서 이스라엘 백성의 이야기를 읽어나가면 하느님이 누구신지 볼 수 있지요.

그런데 내 삶을 보면 잘 안 보여요. 고막리 다락방 식구들은 서로 이야기 했지요.

어디서 태어났고, 어떻게 성장했고. 정신적으로 어느 방향을 거쳐 왔고, 어머니가 누군지, 아버지가 자기에게 누군지 ,형제는 자기에게 어떤 의미가 있는지 등 다락방기도 6년을 함께 하면서 들어서 알게 되었지요.

우리는 이야기를 들으면서 그 사람에 대해서도 깊이 알 수 있는 것도 있지만, 우리는 그 사람을 이해하고 그의 이야기 속에서 하느님의 이야기를 들을 수 있었습니다.

이것이 영혼체험 이야기입니다.

다른 사람들의 삶의 고통, 삶의 회환, 삶의 즐거움, 안에서 만나는 영혼이 해바라기 꽃과 같습니다.

해바라기가 해를 향해 있듯이 우리 영혼은 하느님을 향해 있지요.

영적인 체험이란 별다른 것이 아니라 우리가 살아가면서 겪는 모든 일들, 곧 생각하고 공부하고 결정을 내리고 다른 사람들과 관계를 맺고 사는 것들이 모두 다 영적인 체험이 아닐까?

사랑하고 기뻐하며 시와 문학, 과학과 예술을 관조하고 즐길 때에 바로 영적인 체험을 하는 것이라고 할 수가 있습니다.

그러나 영적인 체험은 이렇게 간단한 것이 아닙니다.

우리가 영적이라고 하는 것은 이 지상 생활을 좀 더 인간적이고 아름답게 하고 의미 있게 하고자 할 때에 바로 그것을 영적이라고 합니다. 그런데 위의 체험들을 하면서도 진정한 의미에서 초월적인 영적인 체험을 하지 못할 수가 있다는 것입니다. 초월적이라고 해서 철학에서나 다루는 일이나 피안의 것을 가르치는 것은 아닙니다.

이렇게 정리해봅니다.

첫 번째 부당한 취급을 당하면서도 우리 자신을 변호하고 싶은 생각을 억누르고 참아 넘긴 적이 있는지. 두 번째 용서해 주는 것을 당연하게 여길 때에도 아무런 대가 없이 용서해 주었는지. 우리는 이 긴 여정을 살아가면서 머리에 있던 예수님을 가슴으로, 배 밑으로 모셔오는 여행인 것 같습니다. 완전하지도 않고, 실수를 할 때도 있고, 절망할 때도 있고 .. 정도의 차이, 질의 차이일지는 모르지만 모든 것을 다 겪을 것입니다.

하양인 편집부

하느님의 선물

누구든지 자신의 재능을 믿고 일을 하지요.
하지만 너무 지나치면 자신의 원래 재능은 잊어버리고
새로운 윤리 구성을 하게 되지요.
그리고 모든 것은 자신이 창조한 결실이라고 자만하지요.
그런 사람에게는 하느님이 주실 선물이 없습니다.

〈교황 프란치스코 어록303〉

주님의
부르심

외할머니께서는 진실한 기독교 신자여서 나는 어려서부터 어머니를 따라 교회를 다녔다. 평남 진남포 태생인 나는 1·4후퇴 때 월남하고 부산에 홀로 떨어져 병원에 있을 때 간호장교의 도움으로 수녀님을 소개받고, 16살 때 골룸바 본명으로 세례를 받았다.

8·15와 6·25를 겪으면서 연락이 끊겼던 사촌 오빠가 내가 있는 육군병원으로 찾아왔다. 오빠는 8·15직후 월남하여 의과대학을 졸업하고 해군 군의관이 되어 진해에서 생활하고 있으니 한 번 다녀가라고 주소를 적어주었다. 그 이듬해에 나는 부산생활을 정리하고 오빠가 있는 진해에 가서 고등학교에 입학하였다.

함께 사는 오빠 내외가 기독교 신자였으므로 자연스레 신앙생활을 개신교에서 하고 성가대원으로 활동했다. '골룸바'라는 본명과 천주교 신자임을 잊고 지냈다.

1960년에 결혼하고 시어머니와 함께 살게 되었는데, 시어머니께서는 당신의 아들, 남편을 치성드려 얻은 자손이라며 불심이 깊으셨다. 시어머니는 성경책, 찬송가 책을 집안에 들여오지 못하게 했으므로 나는 시어머님이 돌아가신 후에야 성경책을 볼 수 있었고, 성가대를 할 수 있었다.

두 아들을 낳았고 큰 아들은 음대에 들어갔다.

큰아들은 대학 재학 중에 교회 성가대 지휘하는 아르바이트를 하게 되었는데, 얼마 후 자신은 교회보다는 성당에 가고 싶다고 했다. 그런 후 큰 아들은 성당에서 스테파노라는 본명으로 세례를 받았다. 큰 아들 덕분으로 나는 잊고 지내던 '골룸바'내 본명이 생각나면서 성당 사무실에서 교적을 찾아 다시 전입을 하고, 고해성사도 하고 미사참례를 할 수 있게 되었다.

큰아들은 대학 졸업 후 음악교사 임용고시를 앞두고 있었는데 당시 지방대학 출신이 임용될 확률은 매우 낮았다. 나는 주님 앞에 무릎을 꿇어 기도를 했다. 또한 자신의 문제로 주님께 매달리는 일은 옳지 않다는 생각을 가지고 있었으므로 아들의 취업이 절박하면서도 기도를 어떻게 할지 몰라서 마음만 불안했다.

나는 아들의 취업문제로 고민이 있다고, 이웃 자매에게 내 마음을 고백했다.

그녀는 내게 "자매님, 부산 갈멜 수녀원에 기도를 부탁드려 보세요.

그곳 수녀님들이 기도해주시면 꼭 이뤄진다고들 해요. 저도 수녀원기도 도움을 받은 일이 있었어요."

그 자매가 적어 준 주소로 아들 이름과 세례명 나의 다급한 마음을 간단하게 적어서 수녀원으로 기도요청 편지를 보냈다.

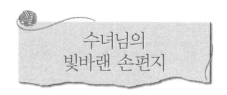

수녀님의 빛바랜 손편지

아들의 취업 문제이다 보니 나는 간절한 부탁의 편지를 써서 보냈다. 얼마 후 이름도 얼굴도 모르는 원장 수녀님으로부터 답장이 왔다. 그때의 감사함은 말로 표현할 길이 없다. 나는 그 편지를 지금까지 보물처럼 간직하고 있다. 정말 빛바랜 손 편지이다.

"그리스도 평화, 장 골룸바 씨.

보내신 애절한 사연의 글월 받고 회신이 늦어 죄송합니다. 크나큰 시련을 이겨낼 수 있는 힘과 아울러 주님의 뜻이시라면 시련에서 벗어나서 가벼운 마음으로 하느님께 찬미, 감사 드릴 수 있게 해 주시기를 계속 기도하고 있습니다.

역경을 통해 신앙이 깊어지는 은혜를 받을 것이고 그 때문에 역경을 허락하시리라 믿습니다. 전능하신 하느님께 나를 맡기시면서 용기 잃지 마시고 기도와 희생 바치십시오. 꼭 들어주실 것입니다. 가장님께서도 좋은 일자리를 얻으실 수 있게 빌겠습니다. 예수님의 수난에 동참하시고 함께 부활의 은혜 입으십시오. 골롬바 씨 가정에 큰 주님의 축복을 빕니다.

1987. 3. 10

원장 이 인 숙 수녀 드림

지방대학을 졸업해서 취업하기란 하늘의 별따기이고, 교사가 되는 일은 더욱 힘들다. 우리 아들은 임용고시에 합격을 하고, 학교 교사로 근무를 하게 되었다.

기적이다 !

취직하는 과정에서 일어난 일련의 사건들을 다 적을 수가 없지만, 그동안의 절박감, 초조하게 기다림 등 나는 참으로 인생의 희, 노, 애, 락을 아들의 취직 문제에서 경험했다. 좁은 문을 뚫고 교사가 되어 인천에 있는 여학교 음악교사로 발령받은 아들이 자랑스럽고 고맙다. 졸업하자마자 학교에 취직이 되었다고 이웃들에게 축하의 인사를 많이 받았다.

갈멜 수녀님들의 기도의 힘이라고 나는 지금도 믿고 있다.

그 빛바랜 옛 편지지에 쓰인 원장 수녀님의 편지는 내 삶의 첫 자리 제일 귀중한 보물로 지금도 간직하고 있다.

그 후 아들은 초등학교 교사인 크리스티나를 만나 답동 성당에서 결혼하고 두 아들을 낳고 성가정을 이루며 살고 있다. 나에게 기쁨을 준 두 손자를 낳아준 며느리 크리스티나는 같은 여자의 입장에서 봐도 참으로 훌륭하다. 그렇게 마음이 크고 어질 수가 없다.

주님의 사랑으로 자녀를 길러 주님의 영광을 드러내게 하소서.

기도하는
친구

남편은 퇴직한 후 선산이 있는 고막리 소나무 숲에 노후의 둥지를 틀었으므로 나는 처음으로 시골생활을 하게 되었다. 지금은 고막리가 번화한 전원 주택지가 되었지만 내가 이사 올 때만 해도 고막리는 김포에서도 잘 알려지지 않은 외진 시골이었다.

문제는 나는 다시 냉담자가 되었다는 것이다.

성당이 어디에 있는지도 모르고 또 성당 찾아 나가는 일에 엄두를 내지 못하고 있는 중에 막달레나를 만나게 되었다. 군하리에 레미콘 공장이 들어오는 일을 막아야 하는데 가능하면 많은 주민들이 모여 반대시위를 해야 한다는 동네반장의 권유에 떠밀려 시위 장소에 갔다가 막달레나를 만나게 되었던 것이다.

기억이 확실하지는 않지만 그녀가 묵주반지를 끼고 있어서 내가 성당에 다니느냐 물었고 성당이 어디에 있는지를 물었을 것이다. 막달레나는 애기봉 공소만 있다가 처음 통진에 성당이 지어지고 세례를 받은 통진 성당 초창기 신자였다.

우리는 반대시위는 뒷전이고 성당이야기만 했다.

그렇게 나는 통진 성당 가족이 되어 다시금 성당에 다니게 되었다. 나는 일요일 미사에 빠짐없이 다니고 신부님이 성당의 단체에 하나는 가입해야 한다고 해서 안나회 회원으로 활동하는 그저 착실한 신자였다.

나는 정년퇴임하고 무료한 생활을 하는 남편이 세례를 받으면 좋겠다는 소망을 갖고 있으면서도 그 문제로 기도하지는 않았다.

그 후 막달레나가 다락방기도모임에 나오지 않겠느냐는 권유를 받고 세실리아 집에 가게 되었다.

세실리아는 김포저널 편집위원으로 칼럼을 쓰고 있었는데, 그녀가 신문을 줄 때마다 그녀의 글을 읽으면서 글을 잘 쓴다는 생각을 하면서 그녀를 부러워했다.

한때 글을 쓰고 책을 낸 일이 있는지라 작가인 세실리아에게 더욱 관심이 갔고, 아마도 다락방기도에 빠지지 않고 다닐 수 있었다는 생각도 든다. 그녀는 대단히 솔직해서 자신의 과오에 대해 직설화법으로 말해 놀라는 일도 있다.

기도의 응답

나는 다락방기도를 함께 하는 세실리아가 책을 쓴다고 하니 기도를 하게 되었다.

최 세실리아는 그동안 대필 작가로 살아왔고, 현재도 그런 일을 해서 밥을 먹는다고 했다.

그녀는 밤에 글 쓰는 일이 습관이 되어 낮에는 자고 밤에 일하는 올빼미 생활을 하고 있었는데 기도 모임에서 보면 얼굴이 까칠하고 어떤 때는 곧 쓰러질 것만 같았다. 그런 모습을 보고 우리 다락방 식구들이 걱정을 하면 밤샘하면서 담배를 많이 피운 탓이라면서 경쾌하게 웃어서 분위기를 바꾸었다.

우리 다락방 식구들은 해를 거듭하면서 정말 기도 식구가 되어갔다.

일주일에 한 번은 꼭 만나니 먼 친척보다 자주 만나게 되고 때로는 분가해 살고 있는 자녀들보다 더 많이 만나게 되었다. 또한 기도 후에 서로의 이야기를 나누는 일은 한층 우리들을 단단히 묶어 주는 결속력이 되었다.

어쩌면 우리는 그 친교 속에서 서로를 알게 되고 신앙도 자라게 되었다.

막달레나의 지나온 이야기는 우리를 감동시켰고 뒤에 합류한 임마꿀라따의 모습은 우리에게 신선한 충격을 주기도 했다. 그녀는 70대 중반을 넘어서도 매우 활기차게 활동하고 있었고 모든 일에 거침이 없었다. 우리 모두는 임마꿀라따의 삶이 우리의 롤 모델이라면서 부러워하기도 했다. 특히 약하고 많은 활동을 하지 않는 나로서는 그저 부러울 따름이다.

나와 안나회를 함께 하고 있는 데레사는 참 고운 분이다.

그리고 다락방기도 모임 초창기 멤버였다가 그만둔 이레네는 축복을 많이 받은 교우다.

이레네의 남편이 나무에서 떨어져 중상을 입었을 때, 우리는 둥글게 앉아 손을 잡고 기도했고, 모이기만 하면 그 형제님을 위해 기도했다.

"남편이 사경을 헤매다 깨어났을 때 다락방 식구들이 기도해주었구나 하는 마음이 들면서 눈물이 나더라구요. 그때처럼 기도의 힘을 느낀 적은 없어요."

기도의 힘을 믿던 이레네는 먼저 하늘나라에 갔다.

췌장암 말기였으니 우리들은 그녀를 위해 고통없이 편안하게 영면

하라는 기도밖에 달리 도리가 없었다.

이레네는 암 말기에는 엄청난 고통을 느낀다는데 뇌에까지 전이가 되어 뇌경색이 오면서 커다란 통증 없이 하늘나라에 갔다.

홀로 기도하는 일은 쉽지 않다.

혼자보다는 둘이, 둘보다는 셋이 모여 기도하면 더 힘이 난다는 것을 이제 다락방 식구들은 알게 되었다.

끝이 좋으면
다 좋다

나에게는 기도로 해결해야 하는 문제가 있었다. 그건 남편을 세례 받게 해서 함께 믿음 생활을 하는 것인데 남편은 요지부동이었다. 남편은 하루에 소주 한 병, 담배 한 갑을 피웠는데 80을 넘기고도 그 습관에서 헤어 나오지 못했다. 나는 그 모습을 보면서도 남편이 나쁜 습관에서 벗어나고 세례를 받을 수 있게 해달라는 기도를 하지 못하고 있었다. 그런 일은 본인이 고치려고 노력해야지 기도로 해결되는 일이 아니라는 생각 때문이었다. 남편의 건강이 나빠지자 나는 다락방 식구들에게 기도를 청했다. 그러자 다락방 식구들은 합심으로 남편을 위해 기도했다. "우선 형제님을 세례 받도록 해야 해요. 그래야 모든 매듭이 풀립니다." 나는 비로소 남편을 위한 기도를 하게 되었다. 나는 그동안 가장 절실한 문제를 두고 다락방 식구들에게 기도를 청하면서도 내 스스로 기도를 하지 않았는지 알 수 없다. 남편은 시간이 지날수록 건강이 나빠져 술과 담배를 하지 못하게 되더니 몸져 눕게 되었다. "골룸바님, 이제 형제님이 세례를 받아야 하는데 거동을 하지 못하시니 대세라도 받으시도록 합시다." 아직 정신이 말짱함으로 본인의 허락을 받아야 하는데, 남편에게 그 말을 하면 고개를 흔들었다. "남편이 싫다고 고개를 흔드니 어떻게 할 수가 없네요, 여러분이 기도해주세요."

우리는 기도 모임에서 손을 잡고 남편의 영혼을 위해서 집중 기도를 하기 시작했다. 나는 남편이 쉽게 돌아가리라는 생각을 하지 않았다. 특별한 병이 아니고 노환이라 그 상태를 오래 유지하게 될 것이라고 생각했다. 나의 바람은 남편이 본명을 가지게 되고 믿음 생활을 하다가 하늘나라에 가는 것이었다. 남편을 위한 9일기도가 끝나고, 다시 시작하는 어느 수요일 막달레나가 "다시 권해보세요."라며 서두르자는 말을 했다. 평소에도 직감력이 뛰어난 그녀가 예시를 받은 듯 했다.

집에 도착해서 곧 바로 남편에게 대세를 받자는 말을 하자 고개를 끄떡였다.

"막달레나, 남편이 대세를 받겠대요, "

내가 막달레나에게 전화하자 모든 일이 일사불란하게 진행되었다.

세실리아 구역장이 수녀님을 모셔오고, 증인으로는 최 세실리아 부군 베드로 형제님이 다락방 식구들과 함께 와서 남편은 다락방 식구들이 지켜보는 가운데 대세를 받아 '요셉'이라는 본명을 얻게 되었다.

남편은 2018년 봄, 대세를 받은 며칠 후 하느님 품에 안겼다. 남편은 크게 아프지도 않고 조용히 임종했는데 그 모습을 지켜보면서 사람이 이렇게 평화롭게 하늘나라에 갈 수 있는 것이구나, 하는 생각이 들었다. 남편은 대세를 받았으므로 성당에서 장례미사를 치를 수 있었고, 고막리 선산에 안장되었다. 나는 이 은혜로운 일이 그냥 일어난 것이 아니라는 것을 알게 되었다.

다락방 식구들의 간절한 기도가 있었기 때문이었다. 내 성격으로 남편의 문제를 다른 이에게 이야기하지 않는다. 하느님의 은총을 입어 다락방 모임에서는 모든 일을 털어놓을 수 있었다. 그랬기에 남편은 대세를 받게 되었고 우리 가족의 염원이었던 성당에서 장례를 치를 수 있게 되었다. 하느님을 향하여 두 손을 펴들고 내 영혼이 당신을 향하여 있나이다.

다락방은 소 공동체 모임의 기도로는 최고가 아닌가 싶다. 서로 소통하면서 기도할 수 있고, 저마다의 삶의 이야기 나누면서 부드러운 마음에 새 기운을 받는다.

다락방 식구들의 기도

여인이시고 어머니이신, 성모 마리아님, 당신은 하느님께 "주님의 뜻
대로 이루어 지소서," 라고 응답하셨습니다.

당신의 강인함, 당신의 믿음과 사랑의 힘을 저에게 주소서.

동정 마리아님, 오늘 저는 가슴에 가득(구체적으로 ○○○○) 고통
을 갖고 당신께 왔나이다.

항상 모든 것을 믿으시고 끈기있게 경청하시는 어머니의 품에서 저
의 고통을 울부짖으려 왔습니다.

오! 저의 의로우신 어머니, 저의 고통과 근심을 헤아려 주소서.

어머니는 당신 자녀를 위해서 무엇인들 못하시겠습니까?

우리 어머니 마리아님, 저를 위해 무엇인들 하지 않으시겠습니까?

저의 애원을 들어주시기를 청합니다. 저의 탄원을 들어주소서.

당신이 사랑하시는 아드님께 탄원하시어 저를 위해 중재해 주소서.

성모 마리아님, 저의 삶에서 하느님의 계획을 받아들일 수 있게 하시어 당신과 같이 "주님의 뜻대로 이루어지소서." 라고 말할 수 있게 하소서.

성모 마리아님, 제 손을 잡고 인도하시고 저를 보호하시며, 저를 숨막히게 하는 복잡한 문제를 풀어주소서 .

강인한 힘을 가지신 동정 마리아님만이 저를 해방시키시고 이 매듭을 풀 수 있습니다.

당신과 당신 아드님 이외에 누가 저를 압박하는 악에서 구할 수 있겠습니까?

저는 자비심과 연대성이 부족하여 자만심, 이기심, 오해의 그물에 갇혀 비틀거리고 있습니다.

당신의 아드님께 더 가까이 다가가는 것을 가로막는 이 매듭을 풀어주소서 .

돌같이 단단한 제 마음이 너그럽게 변화되어 하느님 나라를 건설하는데 도움이 될 수 있도록 이끌어 주소서.

성모 마리아님, 저의 기도를 들어주소서. 아멘.

김경선 수산나	경수자 데레사	남궁정순 데레사
박정순 로사리아	신정자 임마꿀라따	이귀임 막달레나
임숙자 엘리사벳	장춘희 골롬바	최의선 세실리아

통진 성당 고막리 다락방기도 자매들 올림

내 마음의 다락방

초판 1쇄 인쇄 2018년 11월 25일 예수 그리스도왕대축일
초판 1쇄 발행 2018년 12월 01일 복되신 동정마리아축일

지 은 이   최의선
펴 낸 이   이희경
총   괄   이종복
펴 낸 곳   하양인
디 자 인   블루
주   소   (04165) 서울특별시 마포구 마포대로15길(마포현대빌딩) 804호
전   화   02-714-5383 팩스 02-718-5844
이 메 일   hayangin@naver.com
출판신고   2013년 4월 8일 (제300-2013-40호)
I S B N   979-11-87077-25-1 03800